D1983627

Manfred Theisen

Wake up

Dieser Titel ist auch als E-Book erschienen

Manfred Theisen

Wake up

Boje

Das Zitat aus dem Song „An Inconvenient Truth“ von Melissa Etheridge auf S. 7 erfolgt mit freundlicher Genehmigung der tj musicservice GmbH, Hamburg.

Boje Verlag in der Bastei Lübbe GmbH & Co. KG

Originalausgabe

Copyright © 2012: by Bastei Lübbe GmbH & Co. KG, Köln

Textredaktion: Katharina Jacobi, Leipzig
Umschlaggestaltung: Kirstin Osenau
Umschlagmotiv: © shutterstock/Nejron Photo
Satz: Dörlemann Satz, Lemförde
Gesetzt aus der Centennial
Druck und Einband: GGP Media GmbH, Pößneck

Printed in Germany
ISBN 978-3-414-82330-4

5 4 3 2 1

Sie finden uns im Internet unter: www.boje-verlag.de

Frag einen Experten.
Er wird dir sagen, dass diese Geschichte
unmöglich möglich sei.
Hast du übrigens mal gelesen,
was die Experten am Tag vor Fukushima sagten,
was unmöglich möglich sei?

»Now I am throwing off the carelessness of youth
To listen to an inconvenient truth
That I need to move
I need to wake up
I need to change …«

Aus dem Song *I need to wake up* (Melissa Etheridge)
(Abspannmusik zu Al Gores oscarprämiertem Film
Eine unbequeme Wahrheit)

KEINE RUHE VOR DEM STURM

- Gehst du heute Abend zu Chris' Party?
- Sitze an Politik. Seufz.
- Ist doch gar nicht so schwer ☺
- Kann sein, aber ich brauch unbedingt eine Zwei. Wegen Mathe. Schubert will in Mathe ein Auge zudrücken, wenn ich in Politik gut bin.
- Echt jetzt? Darf der das überhaupt?
- Keine Ahnung. Aber posaun das mal lieber nicht rum.
- Die Zwei kriegst du mit links. Mach dir keine Sorgen. Du bleibst schon nicht hängen, auch wenn dir Skibitzki in Französisch garantiert die Fünf gibt.
- Das sagst DU. Du bist ja auch eine Streberin und stehst überall Eins.
- Hahaha. Aber ich kann dir ja helfen. Komm doch gleich einfach vorbei.

Josh überlegt. Soll er wirklich gleich zu ihr gehen? Was ist mit Chris? Schließlich ist er Frederikes Freund. Und die Erörterung für Politik ist erst nächste Woche fällig. Merkwürdig, dass sie ihn fragt, ob er jetzt zu ihr kommen will.

»Jooosh!«, ruft sein Vater. »Essen!«

»Paaapa, Hausaufgaben!« Josh kann sich ein Grinsen nicht verkneifen.

»Sehr witzig«, tönt es da auch schon zurück. »Jetzt komm! Ich hab nicht ewig Zeit!«

– *Warte, kurze Unterbrechung*, tippt Josh, dann verlässt er mit dem Pad in der Hand sein Zimmer.

Die Treppenstufen hinunter ins Parterre knirschen. Alles in diesem Haus knirscht und atmet, obwohl es nicht einmal 30 Jahre alt ist. Es war eines der ersten Ökohäuser hier in der Siedlung Grüne Lunge.

In der Küche fällt sein Blick auf Tisch und Teller: Reis mit Gemüse, Sojasprossen, dunkle Pilze, längs geschnittene Möhren und vermutlich wieder mal zu viel Soja.

Josh legt das Pad zum Chatten neben sich.

»Wir könnten uns auch unterhalten.«

Josh hebt nur vielsagend eine Augenbraue, ohne jedoch den Blick vom Pad zu lassen, und tippt:

– *Was ist mit Chris????*

Sein Vater beugt sich neugierig nach vorn, blickt Josh über die Schulter. »Chattest du mit Frederike?«

Anstelle einer Antwort hält Josh nur seine Hand über das Pad, damit sein Vater nicht weiter mitlesen kann.

Joshs Vater geht zum Herd und lehnt sich an. »Erzähl mal. Was ist los?!«

»Vergiss es«, brummt Josh. »Ich muss für Schubert in Politik eine Erörterung zum Thema Ökokratie kontra Ökodiktatur schreiben.«

»Du magst Frank Schubert nicht?«

»Er ist Lehrer.«

»Ich kenne Frank nur als witzigen Typen.«

»Du bist auch nicht sein Schüler, sondern sein Parteifreund. Ihr duzt euch ja sogar.«

»Und ich hab schon mein Abi und muss keine Erörterung schreiben«, sagt sein Vater halb ironisch. »Also: Soll dir irgendein Typ in einer Ökodiktatur diktieren, dass du von nun an ökologisch zu denken und zu handeln hast? Oder willst du, dass wir demokratisch darüber entscheiden, wie wir unseren Staat ökologisch umgebaut bekommen?«

»Ich bin für bunte Asche.«

»Haha«, macht Joshs Vater und fährt sich durchs Haar. Früher soll es mal dicht und dunkel gewesen sein. Heute ist es angegraut und licht im Ansatz.

Josh stochert lustlos im Gemüse, berührt das Pad, in dem sich sein Gesicht spiegelt, weil das Sonnenlicht jetzt ungefiltert durch die Scheiben fällt. Auf einmal taucht auch das Gesicht seines Vaters im Pad auf, ein Finger drückt den Aus-Knopf und im nächsten Moment nimmt er Josh das Pad weg.

»Was soll denn das jetzt?!«, faucht Josh.

»Sei doch nicht so humorlos.«

»Du nervst, Papa. Euer ständiges Gelaber von einer grünen Revolution geht mir auf den Wecker.«

»Warum?«

»Weil wirklich was passieren muss. Und jetzt gib mir das Pad.«

»Erst, wenn du mit mir redest. Also, was ist nun? Ich schätze mal, du wärst für die Ökodiktatur zu haben?«

Josh zuckt mit den Schultern. Es ist zwecklos. Sein Vater lässt ihm keine Ruhe, nervt und nervt. Seit der das nervöse Asthma hat, darf Josh ihn nicht mal mehr provozieren, weil er sonst gleich sein Pümpchen zückt. Manchmal glaubt Josh, dass sein Vater das Asthma extra einsetzt, damit Ruhe im Haus ist.

Zum Glück ist wenigstens Mutter kaum zu Hause, sondern die meiste Zeit in ihrem geliebten Institut an der Uni, wo sie als Mikrobiologin mit Bakterienkolonien hantiert.

Mums erster Wohnsitz ist nicht die Familie, sondern das Labor.

»Wegen Ökos wie dir und Mama muss ich mir hier Gedanken über Ökokratie und so einen Mist machen. Ihr Grünen seid doch immer dafür, zu reden, zu reden und noch mal zu reden. Die Erde steht kurz vor dem Absturz und ihr …«

»Na hör mal!« Sein Vater richtet sich empört auf und zuckt im gleichen Moment zurück, weil er an die Küchenlampe gestoßen ist – wieder mal. Josh rollt mit den Augen. »Immerhin haben wir Grünen den Atomausstieg auf den Weg gebracht. Ohne Reden kommst du nun mal nicht weiter. Umweltfreundlich zu leben und zu wirtschaften, ist eine reichlich unbequeme Angelegenheit. Da musst du die Leute überzeugen können.«

»Laber, laber! *Atomkraft. Nein danke!* Dass ich nicht lache. Statt Atomkraftwerken bauen die jetzt halt Kohlekraftwerke und ein paar Windkrafträder und Solaranlagen zum Alibi. Was soll daran besser sein?« Josh lehnt sich entspannt zurück und sieht seinen Vater herausfordernd an. »Das neue Kohlekraftwerk in Hamm stößt so viel Co_2 aus wie ganz Bolivien und die deutsche Industrie exportiert auch munter weiter Atomkraft.« Ha! Das hat gesessen.

Sein Vater schweigt.

Wo bleibt das Asthmapümpchen?

Nach einer kurzen Verschnaufpause fragt sein Vater erstaunt: »Woher weißt du das denn jetzt wieder? Auf jeden Fall sind die Kohlekraftwerke nur der Übergang …«

»… in den Untergang.« Josh könnte wahnsinnig werden bei diesen Sprüchen. »Papa, das dauert einfach alles viel zu lang! Die Russen und die Amerikaner bohren nun auch noch am Nordpol nach Öl. Die investieren Hunderte von Milliarden in das Projekt. Meinst du, die tun das, damit wir alle demnächst Elektroautos fahren? Wenn wir denen das Öl nicht abkaufen, machen die Krieg. Die müssen doch das Geld für ihre Ausgaben wieder reinkriegen. Wie naiv seid ihr eigentlich, du und deine Partei?«

»Wie gesagt: Unsere Politik braucht Zeit. Wir wollen nicht diktieren, wir wollen überzeugen. Ökokratie statt Ökodiktatur. Kapiert?«

»Ja, klar. Erst überzeugt ihr die Leute hier im Land und in hundert Jahren die Amerikaner und Russen. Das ist ein echt perfekter Plan.«

»Hast du einen besseren?«

»Vielleicht. Aber gib mir erst mal mein Pad zurück. Ich muss noch was tun, eine Erörterung schreiben.«

Sein Vater wirft ihm das Pad zu. Josh kann es gerade noch fangen. »Hey! Was soll das, Papa?! Ich kann nichts dafür, dass du nicht weißt, wie wir die Welt retten sollen.«

Doch der hört ihn schon nicht mehr. Die Haustür knallt. Vollholz. Birke. Auf dem Dach wackeln die Grashalme.

Josh betrachtet sein Gesicht im Pad: Schmal ist es, hohe Wangenknochen hat er. Wie sein Vater. Würg. Wobei Joshs Hautfarbe einen Tick brauner ist als Papas und das Blau seiner Augen blauer. Er klickt sich wieder zu Facebook und liest, was Frederike getextet hat:

- Hey, Josh! Warum antwortest du nicht mehr?
- Stress mit meinem Vater gehabt.
- ?????
- Ach, der hat einfach zu viel Zeit und will ständig über alles REDEN.

- Das ist doch …
- … langweilig.
- Sollen wir uns nun heute Abend treffen oder nicht? Ich würde dich gern sehen!!!!

Josh zuckt beinahe zusammen, als er das liest. Er zögert kurz, dann tippt er:

- … und Chris?
- Bin ich sein Eigentum??

Josh grinst in sich hinein. Ob sie Krach mit Chris hat?

- Also dann tippt er, heut Abend bei dir.
- Freu mich!

Kaum hat Josh den Chat beendet, kann er sich nicht mehr konzentrieren. Wie ferngesteuert starrt er auf das Pad, klickt auf Google Earth: Grüne Lunge – Zoom – Frederikes Haus – Zoom – überall mit Solarzellen gepflastert. Darunter sitzt Frederike – Stupsnase, Grübchen, blond, mit einem dieser abgedrehten, silbern glänzenden Totenköpfe als Haargummi – und wartet auf ihn.

Unglaublich.

Wenige Meter weiter: das Null-Emission-Haus von Chris, der Josh in letzter Zeit reichlich auf die Nerven geht. Dessen Vater Raimund ist natürlich auch bei den Grünen und sitzt mit in der Kommission Grüne Lunge, wo entschieden wird, wer ins Viertel einziehen darf und wer nicht.

Josh lehnt sich zurück und starrt durchs Fenster nach draußen. Umrandet ist die Lunge von Rotbuchen. Für Josh hat das immer was von einem Schutzwall. Mittelpunkt des Ganzen ist das uralte, winzige Windkraftrad, umgeben von einem Teich mit Enten und Fröschen, die zu unterschiedlichen Tageszeiten Krach machen. Mit dem Windrad lässt sich höchstens ein Fön betreiben, aber es steht wie ein Kirchturm mittendrin und dreht sich. Die Lunge ist ein richtig kleines Dorf, direkt am Stadtrand, zwischen Waldgebiet und Hochhausviertel. Im sogenannten Ghetto Vogelweiler hingegen leben heute Russen, Türken, Albaner, Nigerianer so dicht aufeinander wie Halme auf der Wiese.

Joshs Blick wandert wieder zum Bildschirm, auf Frederikes Haus und zehn Minuten später steht er live davor.

◎

Er klingelt.

Frederike öffnet.

Ihr Kleid ist blau mit winzigen gelben Blümchen.

»Wo ist dein Fahrrad?«

»Bin zu Fuß«, lügt er. Dabei hat er es um die Ecke abgestellt. Es müssen ja nicht alle – und speziell Chris – sehen, dass Josh bei Frederike ist. Womöglich würde er sonst nicht mehr lebend aus der Tür kommen.

Sie lächelt. Hat sie den Schwindel durchschaut?

»Wo sind deine Eltern?«

»Im Theater.« Sie wirft ihre Haare zurück und drückt die Tür hinter Josh zu. »Sybille kommt gleich kurz vorbei. Sie will mir ihren Neuen vorstellen.«

»Name? Alter? Beruf?«, fragt Josh im besorgtesten Ist-er-auch-gut-genug-für-unsere-Sybille?-Ton und sieht Frederike streng an.

Die prustet los. »Keine Ahnung, Papa Josh. Halb Brasilianer soll er sein, hat wohl sogar einen brasilianischen und einen deutschen Pass, aber …«

»… aber?«

»Na ja, sie benimmt sich schon ein bisschen eigenartig in letzter Zeit. Aber was soll's. Ich bin froh, dass sie einen festen Freund hat. Mal gucken, wie der drauf ist. Muss was Besonderes sein.«

Da klingelt es auch schon und die Antwort steht vor der Tür.

»Hi, Frederike«, stellt Sybille den älteren Jungen neben ihr vor: »Das ist Filinto Alencar.«

»Freut mich, dich endlich mal kennenzulernen.« Frederike reicht ihm lächelnd die Hand.

Mit gerunzelter Stirn und zusammengekniffenen Augen beäugt Josh Sybilles Neuen: leicht gebräunt, gewelltes schulterlanges Haar. Er trägt einen schwarzen Ledermantel – in der Hitze! Beduinen tragen auch lange Gewänder in der Wüste, aber Ledermäntel? Komischer Typ!

»Hey, Josh. Was machst du denn hier?« Sybille ist das genaue Gegenteil von Frederike: auffällige Klamotten, laut, runder und kleiner. Sie gibt Josh einen freundschaftlichen Schubs und umarmt dann Frederike.

Kurz darauf wandern sie quatschend und kichernd nach oben. Oder, um ganz genau zu sein: Die Mädchen quatschen, die Jungs schweigen sich an. Frederike hat kein Bett, nur eine Matratze und ein Poster von Milow. Sie steht auf soften, seichten Kram, keine lauten Töne.

Die vier fläzen sich auf die Matratze wie in ein Planschbecken. Frederike und Sybille lehnen an der Wand, flüstern. Ihre Blicke streifen die Jungen, wieder kichern sie.

Josh kennt Sybille nicht besonders gut, weiß nur, dass sie ebenfalls mit ihrer Mutter in der Grünen Lunge wohnt, schräg gegenüber vom Montessori-Gymnasium. Sie sind die Einzigen, die mit dem Wagen in die Lunge fahren dürfen, weil sie einen Elektro-VW haben, den sie am Solar-Carport aufladen. Sybilles Vater ist schon lange weg. Josh hat ihn noch nie gesehen.

Frederike spielt mit dem feinen silbernen Fußkettchen.

Josh schaut unwillkürlich auf ihre nackten Füße.

»Du wohnst auch hier im Ökoparadies?« Bevor Josh antworten kann, beantwortet Filinto seine Frage auch schon selbst: »Kein Wunder eigentlich. Deine Eltern waren ja schon immer Grün.«

»Woher weißt du das?«, will Josh wissen.

»Er weiß alles. Sybille funkelt Filinto an. »Er hat schon den Rechner in der Schule gehackt. Er kennt vermutlich auch die Nummer in deinem Reisepass und weiß, was deine Mutter verdient.«

»Wirklich?« Also das beeindruckt Josh nun doch.

»Nee, das mit dem Schulrechner ist Quatsch und das mit deinen Eltern hab ich nur geraten. Wenn einer hier lebt, dann hat er Eltern, die Grün wählen oder sogar Mitglied bei den Grünen sind, sonst würden die ganz sicher gebasht.«

»Filinto ist Profihacker.«

Der winkt ab. »Red keinen Stuss, Sybille.« Er gähnt und lehnt sich zurück.

Josh beobachtet ihn aus dem Augenwinkel. Sybilles Neuer scheint keiner von diesen normalen Informatik-Typen zu sein, er sieht dafür einfach zu abgefahren aus. Sein Mantel spannt an den Schultern, als er aufsteht und nach Sybilles Hand greift.

»Lass uns gehen, okay? Deine Freundin hat mich ja jetzt gesehen. Mission beendet.«

»Bist du immer so ’ne Spaßbremse?«, fragt Josh.

Filinto reagiert nicht auf die Bemerkung. Kein Wort, kein Schulterzucken.

»Bestimmt hältst du uns in Ökdorf für total naiv«, sagt Frederike mit einem übertrieben strahlenden Lächeln, als hätte sie Plutonium verschluckt.

»Tja … nur Neo weiß, was in der Matrix schiefläuft«, erwidert Sybille, während sich ihr Freund den Mantelkragen hochschlägt.

Na klar! Jetzt weiß Josh auch, an wen ihn das Outfit erinnert. In dem schwarzen Mantel wirkt Filinto wie Neo aus dem Film *Matrix*. Nur dass der keine Brasilianerlocken hatte. Josh hat erst kürzlich den Film in der zigtausendsten Wiederholung gesehen, nebenher, als er abends noch Mathe machen musste. War wohl irgendwann mal richtig kultig.

»Tja, nun, ihr seid ja auch naiv«, sagt Filinto überraschend heftig.

Ist der jetzt etwa eingeschnappt? Sehr interessant! Dieser Typ scheint es überhaupt nicht zu mögen, wenn man sich mal ein bisschen über ihn im Allgemeinen und sein Outfit im Speziellen amüsiert. Er vergisst völlig, dass er gehen wollte, und lässt sich wieder auf die Couch fallen – natürlich mit Mantel.

Dann hebt er an: »Ihr wollt hier doch alle was ändern, ihr mit euren Ökoeltern und Ökohäusern und Ökowindrädchen.« Filinto schnaubt verächtlich. »Aber wenn ihr mal so richtig was ändern wollt, müsst ihr auch mal so richtig was tun.«

Josh und Frederike wechseln einen kurzen Blick. Dieser Filinto redet, als würde er, und zwar *nur* er, sich auskennen. Das provoziert nicht nur Josh, sondern auch Frederike. Was bildet der sich eigentlich ein? Nur weil er ein Hacker ist, hat er noch lange nicht die Weisheit gepachtet!

»Woher willst du eigentlich so genau wissen, dass wir wie unsere Eltern ständig irgendwas ändern, diskutieren und noch ein Windrädchen aufstellen wollen?!«, fragt sie gereizt. »Du kennst uns doch gar nicht.«

Sie wechselt erneut einen Blick mit Josh, der zustimmend nickt.

»Aber weißt du was?!«, zischt sie dann. »Wenn wir die Chance hätten, würden wir SO EINIGES ändern. Da kannst du dich drauf verlassen.«

»So seht ihr aus«, sagt Filinto spöttisch. »Und worüber genau reden wir hier eigentlich? Ich wette, ihr drei klagt dauernd über den Raubbau an der Natur und macht dann mit 17 euren Führerschein.« Er lehnt sich selbstgefällig zurück und lächelt Frederike an. »Ihr müsst mal was riskieren!«

Ehe Frederike etwas darauf entgegnen kann, beugt sich Sybille zu Filinto rüber und gibt ihm einen Kuss. Saftig. »Ist das riskant genug?«, flüstert sie.

Josh grinst und tut so, als müsse er sich gleich übergeben. Aber am liebsten würde er Frederike auch küssen. Die allerdings ist wegen Filintos Sprüchen voll auf Angriff gebürstet.

»Du redest ja ganz schön viel«, unterbricht sie vollkommen ungerührt das Geknutsche der beiden. »Aber dieser Mantel ist garantiert das Riskanteste, was du je gewagt hast!« Nun ist sie diejenige, die triumphierend lächelt und sich entspannt zurücklehnt.

Filinto und Sybille tauchen wieder aus ihrem Kuss auf.

»Unterschätz ihn mal nicht.« Sybille dreht sich zu ihrer Freundin um. »Filinto hat für mich in der Schule die Uhr um 20 Minuten vorgedreht.«

»Was jetzt? DU warst das?« Josh beugt sich neugierig nach vorn. »Das war doch letzten Dienstag, oder? Danke, Mann! Du hast mir da eine Menge erspart. Wir hatten gerade Französisch.«

Filinto zuckt nur gleichgültig mit den Schultern, aber Sybille platzt fast vor Stolz: »Genau. Das war ER. Perfekt, was?! Er kann sich überall reinhacken. Und wer das Netz beherrscht, beherrscht die Welt.«

Josh starrt sie an. Sybille ist wie auf Droge mit ihrem Filinto.

Es summt. Frederikes Handy vibriert neben dem PC. Sie holt es vom Schreibtisch und lässt sich wieder auf die Matratze fallen. Der Saum ihres Kleides flattert dabei nach oben, sie zieht ihn nach unten und starrt unschlüssig auf das Display. Sybille schaut ihr über die Schulter.

Da steht garantiert CHRIS, vermutet Josh.

»Was ist?«, fragt Sybille leise. »Geh ran!«

Doch Frederike flüstert ihr etwas ins Ohr und drückt den Anrufer weg.

Josh findet das Ganze lächerlich. Dummerweise aber auch süß. Er ärgert sich über sich selbst, aber er würde alles dafür tun, mit Frederike zusammen zu sein.

Filinto wirkt nur noch genervt und steht auf. »Ich will jetzt gehen.«

»Nur, wenn wir noch kurz im *Feuersalamander* was essen gehen. Okay, Filinto?«

»Unbedingt. Ich komme um vor Hunger!«, sagt der und wirkt das erste Mal an diesem Abend beinahe fröhlich.

◎

Als Josh endlich wieder mit Frederike alleine ist, wird ihm plötzlich ganz mulmig im Magen.

Frederike schiebt ihren Bürostuhl nah an den Schreibtisch und sieht ihn auffordernd an: »Setz dich doch neben mich.« Dabei deutet sie auf den Stuhl, der am Bett steht und den Josh nun neben ihren stellt.

Was jetzt? Nach Hausaufgaben ist Josh nicht zumute. Ob er rot im Gesicht ist? Noch nie war er so alleine mit IHR. Was soll er machen? So, wie sie ihn eben angeschaut hat …

Da meint sie kühl: »Lass uns mit der Erörterung anfangen. Es ist schon spät«, und öffnet ein Word-Dokument. Sie schreibt *Erörterung* darüber und fragt: »Wie war noch mal genau der Titel?« Sie kramt in ihrem Hefter.

Josh sitzt dicht neben ihr – zu dicht zum Denken. Ihre blonden Haare riechen nach Vanille und nehmen ihm die Luft.

»Ach ja, ich hab's«, sagt sie. »Ökokratie kontra Ökodiktatur. Irgendeine Meinung dazu?«

Josh fällt nichts ein. Verdammt! Sein Schädel ist leer. Unendliche Weiten, in denen er *Star Wars* spielen könnte. Dann kommt ihm zumindest der Name eines Autors in den Sinn: »Hast du was von Hermann Scheer?«

Klar, hat sie, schließlich sind ihre Eltern genauso wie die von Josh darauf erpicht, dass ihre Tochter die richtigen Bücher liest. Und die stammen von dem alternativen Nobelpreisträger Scheer. Sie zieht ein Buch aus dem Regal: *Der energethische Imperativ: 100 % jetzt: Wie der vollständige Wechsel zu erneuerbaren Energien zu realisieren ist.*

»Okay.« Josh atmet durch. Jetzt hat er zumindest schwarz auf weiß die Argumente dafür, dass sich in der Energiepolitik dringend etwas tun muss, weil sonst bald die Meere überquellen.

»Kannst du dich noch an den Film von Al Gore erinnern, den wir in Politik über die Klimaerwärmung gesehen haben?«

»Eine unbequeme Wahrheit?«

Er nickt, würde sie eigentlich gerne küssen, traut sich aber nicht.

Unmöglich.

»Ich hab danach nicht mehr schlafen können«, sagt sie. »Ich hatte richtig Angst, dass wir bald nicht mehr leben werden.«

»Was meinst du, wie es mir gegangen ist?! Noch nie gab's so viel Co_2 in der Luft wie heute, das treibt auch bald die Temperatur steil nach oben. Okay, in den vergangenen 250000 Jahren ist das immer so gewesen, aber nie in so kurzer Zeit. Wir müssen was tun. Und zwar sauschnell, sonst können wir es nicht mehr aufhalten.«

Frederikes Gesicht verdüstert sich. »Weißt du, manchmal frage ich mich, wie lange es überhaupt noch Menschen geben wird. Vielleicht kriegen wir die Katastrophe sogar noch mit?«

Josh nickt. »Am Ende werden wir womöglich ersticken.« Er ist sich da völlig sicher. »Die zerstören überall die Wälder und pumpen gleichzeitig Abgase in die Luft. Das kann nicht funktionieren ...«

»… also gibt es auf die Frage Ökodiktatur oder Ökokratie nur eine Antwort …«

◎

Gut zwei Stunden später verlässt Josh das Haus.

Die Erörterung ist fertig, er hat geredet, sie hat getippt, dann hat sie geredet und er getippt. Er hat noch nie so klar seine Argumente vor sich gesehen. Zweieinhalb Seiten sind es geworden. Zweieinhalb perfekte Seiten! Frederike war wie ein Katalysator für ihn, sie ist seine fehlende Hälfte. Sie saß so dicht neben ihm, dass es wehtat, sie nicht zu küssen. Wenigstens eben beim Abschied hätte er es versuchen sollen. Sie hat ihn umarmt, er hat seine Arme um ihre Taille gelegt, den Stoff ihres Kleides gespürt. Weich war er, ihr Körper darunter fest.

Sie mag ihn. Warum hätte sie ihn sonst heute eingeladen? Ob es aus ist zwischen Chris und ihr? So schlecht wie Chris zuletzt über sie geredet hat, muss der sich nicht wundern. Der liebt nur eins: Fußball. Er beachtet Frederike ja nicht einmal mehr wirklich. Wenn Josh eine so supernette Freundin hätte, würde er alles mit ihr zusammen machen. Alles und jeden Moment!

Josh ärgert sich: Er hätte etwas wagen müssen.

Er ist ein Idiot!

Du Trottel!

So kriegst du nie eine Freundin!

Niemals!

Er schaut noch einmal zurück. Die Haustür ist zu, das Licht in der Küche brennt, Frederike ist nicht zu sehen. Mit ihr zusammen könnte er alles erreichen.

Alles!

So, wie seine Eltern früher. Mama hat immer ein Glühen in den Augen, wenn sie erzählt, wie sie trotz Polizei vor den Bayerwerken gegen die Verschmutzung des Rheins demonstriert haben. Aber Demos helfen heute nichts mehr. Die Manager von E.ON oder Vattenfall lachen höchstens darüber. Um die aufzuhalten, braucht es mehr. Viel mehr.

Plötzlich taucht Frederike beim Küchenfenster auf.

Sie öffnet den Kühlschrank, nimmt sich O-Saft. Sie kann Josh nicht sehen, weil es hier draußen zu dunkel ist. Er würde am liebsten zurückkehren, aber er muss gehen. Morgen wird er sie ja in der Schule sehen. Er freut sich schon auf die Politikstunde nächste Woche. Schubert wird ihn drannehmen und dann kann er Frederike zeigen, wozu er fähig ist. Wenn Schubert seine Argumente mit einem Grinsen zerpflückt, wird Josh sich zu wehren wissen. Dieser Schubert mit seinen ironischen Witzchen hat es drauf, die Leute so zu befragen, dass am Ende immer seine Meinung herauskommt – und er jeden Lacher auf seiner Seite hat. Doch Josh wird sich nicht weichklopfen lassen und Frederike wird ihm helfen!

Knapp 100 Meter weiter erwartet Josh eine böse Überraschung. Jemand hat nicht nur die Luft aus seinem Hinterrad gelassen, sondern auch noch das Ventil weggeworfen.

Was für ein Hornochse war das denn? So ein Mist!

Josh nimmt sein Rad und schiebt es ein paar Meter zu der Bank gegenüber vom Windkraftrad. Er knipst sein Pad an. Die Nacht ist lau, es geht ein leichter Wind. Ein paar Fledermäuse flattern in dem schwachen Mondschein durch die Luft. Die Reflektionen an den Spitzen der Rotorblätter des Windrades machen sie ganz wild.

Ob Frederike online ist? Josh ist noch richtig aufgedreht. Von dem platten Rad lässt er sich die Laune nicht verderben. Er schaut bei Facebook rein, aber er chattet Frederike nicht an. Vielleicht ist Chris ja auch online und kriegt es irgendwie mit. Auch wenn der ein Idiot ist, darf Josh ihn nicht unterschätzen. Nur gut, dass er und Chris nicht mehr so eng befreundet sind. Ein schlechtes Gewissen muss er nicht haben.

Josh sitzt auf der Bank, als warte er auf den Bus, der ihn zurück ins Paradies bringt, und wartet und wartet. Schließlich fasst er sich ein Herz und schreibt ihr. Er will wissen, wie gerne sie ihn hat, ob er eine Chance bei ihr hat.

Aber Frederike antwortet nicht.

Am liebsten würde er noch einmal zu ihr zurückgehen, doch er schiebt sein Fahrrad am Windrad vorbei, heimwärts, Richtung Morgen, wenn er sie wiedersehen wird.

DIE CHANCE

Er hält es nicht mehr aus und ist eine halbe Stunde früher aufgestanden als üblich. Heute steht Politik auf dem Stundenplan. Josh packt seine Politik-Erörterung in den Rucksack und muss an Frederike denken. Die vergangenen Tage sind sie sich in der Schule aus dem Weg gegangen, als würde seit dem letzten Treffen etwas zwischen ihnen stehen. Doch heute wird sich Josh ein Herz fassen und mit ihr reden.

Er passt sie vor dem Monte ab. Die Sonne scheint auf einen blauen Tag. Frederikes Gesicht ist wach und hell. Sie ist immer eine der Ersten, weil ihre Eltern früh zur Arbeit müssen und sie in der Schulkantine frühstückt.

Heute geht auch sie ihm nicht aus dem Weg. »Komm mit«, sagt sie, als sie Josh entdeckt. »Ich muss mit dir reden.«

Die beiden verschwinden hinter die Hagebuttensträucher neben dem Schuleingang. Hier kann sie niemand sehen, hier sind sie ungestört.

»Sybille hat mir eben gesimst.« Frederike zeigt Josh die SMS:

Hi Fredi + Josh,
kommt Punkt 10 Uhr
zum Windkraftrad!

»Warum?« Josh sieht Frederike fragend an. Ist Sybille jetzt völlig übergeschnappt?

»Keine Ahnung.« Frederike fummelt schon wieder auf dem Handy herum. »Das habe ich sie auch gefragt und dann kam die Antwort hier.« Sie hält Josh noch einmal das Display vor die Nase:

Ihr müsst kommen!
Dann werdet ihr es sehen.

»Na, was macht ihr beiden denn hier?« Es ist Chris, der unvermittelt hinter den Büschen auftaucht und Frederike sofort anraunzt: »Na, ihr habt's ja lauschig hier! Sag mal, läuft da was zwischen dir und ihm? Bist du deshalb so komisch in letzter Zeit?«, Ehe Frederike jedoch etwas entgegnen kann, blafft er auch schon Josh an: »Und du ...? Hast wohl ein schlechtes Gewissen? Oder warum machst du einen Bogen um mich?«

Josh schweigt, denn Chris ist voll in Fahrt. Er will ihn nicht auch noch provozieren.

»Du hast also tatsächlich bemerkt, dass ich nicht so bin wie sonst«, sagt Frederike ironisch. »Ist ja eine Leistung. Ich dachte schon, du würdest überhaupt nichts mehr mitkriegen.«

Doch Chris lässt sich nicht ablenken. Seine ganze Wut konzentriert sich auf Josh. »Du baggerst. Stimmt's? Ich schätze mal, das hat schon letzte Woche angefangen, als ihr beiden nicht zur Party gekommen seid, oder was?! Wo warst du denn da?« Er verschränkt seine Arme vor dem Körper und tritt ganz dicht an Josh heran. Josh kann seine Wut fühlen. Will der ihm jetzt eine Kopfnuss geben?

Chris und er sind gleich groß, aber Chris ist bullig. Seine Brust sieht aus, als würde er Satteltaschen unter dem weißen T-Shirt tragen. Josh antwortet nicht gleich und Chris schubst ihn mit verschränkten Armen zurück, presst ihn gegen die Mauer der Schule. Backstein, so rot wie Blut.

»Krieg dich wieder ein, Chris! Wir haben bloß über Politik geredet. Wegen dieser Erörterung für Schubert«, sagt Josh laut.

»Willst du mich verarschen?! Frederike interessiert sich für Politik so viel wie ich.«

»Das stimmt nicht. Sie hat richtig …«

»Du riskierst zu viel!« Chris drückt Josh fester gegen die Mauer. Der spürt, wie ihm der Schweiß von der Stirn tropft. Es brennt in den Augen. Chris gibt ihm einen kräftigen Klaps auf die Wange. Der brennt wie Feuer.

Josh will zurückschlagen.

Nein. Er wird ruhig bleiben.

Dann zieht Chris ein Ventil aus seiner Jeans und hält es Josh vor die Nase. »Das kannst du haben, genau wie die … die … die … Schlampe.« Er wirft Frederike einen giftigen Blick zu und marschiert mit hochrotem Kopf davon.

Durch die Hecke kann Josh sehen, wie er zum Schuleingang geht, wo jetzt schon mehr Schüler stehen und reden.

Josh dreht sich zu Frederike um und sieht sie einen Moment schweigend an. »Was ist denn nun mit dir und Chris?«

Frederike streift Joshs Hand, dann macht sie einen Schritt zurück. »Ich mag dich.« Mehr sagt sie nicht und streicht sich beinahe verlegen mit beiden Händen die Haare über die Schultern nach hinten. Leicht gebräunte

Schultern, geküsst von der Sonne. Wenn es eine App für Schön geben würde, trüge sie Frederikes Gesicht als Icon. Er will zu ihr. Aber sie hält Abstand, einen unüberwindlichen Abstand, den nur sie verringern kann.

Josh sieht sie unsicher an.

Jetzt streckt sie ihre Hand aus und gibt ihm einen flüchtigen Kuss auf die Wange. »Tut sicher weh«, sagt sie. »Ist ein bisschen rot.«

Josh spürt den Schmerz nicht mehr.

»Wir müssen zu Politik, du brauchst die Zwei«, sagt sie und er hält einen kurzen Moment lang ihre Hand. Sie gehen um die Sträucher, dann jedoch nicht mehr Hand in Hand, sondern Schulter an Schulter in die Schule.

»Du packst das gleich«, sagt Frederike noch, als sie am Schulkiosk vorbei Richtung Klasse gehen und Frederike in einem Knäuel Freundinnen verschwindet.

◎

Es war nur ein Kuss auf die Wange! Ein Millisekundenkuss auf die Wange!, sagt Josh sich immer wieder. Völlig egal. Er ist aufgewühlt, aufgepeitscht.

Äußerlich ist er hoffentlich ruhig, als er sich im Politikunterricht neben Ben setzt, in die zweite Reihe und hinter die Klassenbesten Stefan und David. Die sind durch und durch nett wie Nierenspender. Chris und Frederike hocken normalerweise hinter ihm an einem Zweiertisch. Turteltauben. Doch der Taubenschlag ist halb leer. Seit gestern sitzt Chris ganz hinten auf dem Platz von Simone, die krank ist.

Schubert bittet Sarai, ihre Erörterung vorzustellen. Die

muss keine Sekunde überlegen, ihre Notizen braucht sie nicht. Sie ist für Ökokratie, da sie nichts von einer Diktatur hält. Ihr Ururgroßvater sei in einem KZ gestorben – Auschwitz. Ihre halbe Familie haben die Nazis umgebracht. Josh versteht das. Aber hier geht es nicht um »blond und blauäugig«, nicht um Arier und Rasse, sondern um die Bewahrung der Erde. So was wie bei Hitler will doch gar keiner!

Josh ist dran.

Es sei keine Zeit mehr für Diskussionen und demokratische Entscheidungen, deswegen sei er für eine Ökodiktatur. Ihm wäre es auch lieber, wenn die Menschen freiwillig auf Bahn statt Auto und die Konzerne nur noch auf Wind und Sonne und nicht auf Plutonium, Öl und Gas setzen würden. Aber das ganze Gerede führe zu nichts. »Selbst wenn der letzte Eisbär schon gestorben ist, werden die sich noch über den richtigen Weg streiten.« Daimler, RWE, Ford oder Shell hätten einfach zu viel Macht. Nicht nur die Kernkraft-, sondern auch die Kohlekraftwerke müssten sofort vom Netz. »Und in Brasilien muss endlich die Abholzung des Regenwaldes gestoppt werden, wenn nötig mit militärischer Gewalt. Von uns wird das sonst keiner überleben! Wir ...« Josh redet und redet, als habe er die Wahrheit verschluckt.

Seine Klassenkameraden sind begeistert. Das hätten sie ihm gar nicht zugetraut. Doch Schubert bringt lediglich ein »gut« über die Lippen. »Du hättest auch noch ein paar Kontra-Argumente aufführen können. Zum Beispiel, indem du erwähnst, dass Energieriesen wie E.ON oder RWE langsam auch auf den grünen Trend aufspringen.«

»Das ist bloß Augenwischerei«, erwidert Josh. »Warum sollten die für einen Energiewandel sein? Die Konzerne werden auf alle Fälle verlieren. Die wollen doch nur Großanlagen bauen, damit sie ihre Pipelines benutzen können. Was nutzt es denen, wenn die Menschen vor der Haustür ihre eigene Energie aus Windkraft oder mit Solardächern erzeugen? Gar nichts. Damit verdienen die kein Geld. Warum haben die denn sonst eine Erdgasleitung von Russland quer durch die Ostsee gelegt? Die haben sich doch schon dazu verpflichtet, den Russen weiter ihr Erdgas abzukaufen. Die wissen, dass sie auf Dauer gegen Wind- und Sonnenenergie verlieren, aber bis dahin soll jeder Tropfen Öl, jeder Kubikmeter Gas und jedes Gramm Plutonium verkauft werden. Denn nur damit verdienen die wirklich Geld. Sie können keinen Wind verkaufen, keine Sonne, aber Öl und Gas und Kohle.«

»Man merkt, dass du der Sohn deines Vaters bist«, sagt Schubert und meint es gut.

Josh allerdings empfindet es eher als eine Schmach. Er hat keinen Tropfen Politikerblut in sich. Am liebsten würde er Schubert sofort etwas Böses entgegnen, aber der redet schon weiter: »So negativ darf man das nicht sehen, was die Energiewirtschaft zurzeit versucht. Sarai hat eben schon eindrucksvoll dargelegt, was in einer Diktatur passiert: Leute, die den Herrschern nicht in den Kram passen, werden unterdrückt und sogar umgebracht. Eine Diktatur halte ich trotz allem für höchst gefährlich, egal, was am Ende das Ziel ist. Und wir müssen auch ein wenig hoffen.«

Nein! Josh hat das alles schon zu oft gehört.

Tief in seinem Inneren spürt er, dass die anderen in der Klasse ähnlich denken wie er selbst. Es ist doch schon längst die Diktatur des Geldes da. Was Josh will, ist die Diktatur der Vernunft, eine Diktatur für die Zukunft der

Menschen. Und er spürt die Wut gegen Schubert in sich, die Wut gegen seinen Vater, gegen diese ganzen satten, angepassten Ökos, die ihr Leben auf der Hoffnung aufbauen, dass die Konzerne vernünftig werden. Aber das klappt nicht. Aktionäre denken nur in Euro und Cent.

Nachts wacht Josh manchmal schweißgebadet auf und schnappt panisch nach Luft, weil er geträumt hat, jemand würde ihm im Schlaf die Hand auf Nase und Mund legen, würde ihn ersticken. Er hat Angst davor, eines Tages zu ersticken. Er weiß, dass vorher der Meeresspiegel steigen wird, aber am Ende wird der Sauerstoff knapp. Im Traum hat er die Panik des Astronauten, der alleine im All schwebt und dessen Vorrat in der Sauerstoffflasche langsam zur Neige geht …

Er sieht aus dem Augenwinkel, wie ihm Frederike anerkennend zulächelt und vergisst seinen Traum.

Frederike meldet sich jetzt ebenfalls und legt auch schon los: »Josh hat recht!«, sagt sie energisch. »Wir müssen was tun. Wer soll sich wehren, wenn nicht wir? Wir müssen sonst das ausbaden, was Ihre Generation uns eingebrockt hat.«

Einige wenige, dann immer mehr klopfen zustimmend auf die Tische.

»Es wäre mir unlieb«, sagt Schubert, »falls ihr glaubt, dass es keine Alternative zur Diktatur gibt.«

»Lassen Sie uns doch abstimmen!«, wirft Josh ein.

»Darüber kann man nicht abstimmen.«

»Wieso? Das ist doch demokratisch!«, sagt Josh und schiebt sofort hinterher: »Wer ist für Ökokratie?« Nur wenige sind dafür. Lediglich Chris, Sarai, Stefan und Fabian.

»Wer für eine Ökodiktatur?«

»So geht das nicht«, wiederholt Schubert und sieht, wie die Hände nach oben gehen. Er schaut angespannt auf die Uhr. Noch fünf Minuten. Der angeschlagene Boxer steht im Ring und die Sekunden werden lang und länger. »Immerhin sind Leute wie dein Vater« –, dabei schaut er Josh extranett an –, »jetzt im Stadtrat, und sie werden mehr und …«

Josh unterbricht ihn: »Mein Vater ist ein Weichspüler.«

Als Schubert etwas auf Joshs Einwurf erwidern möchte, zeigt ihm Josh das Time-out-Zeichen.

»Willst du mir den Mund verbieten?«, fragt Schubert.

Josh zeigt weiter Time-out.

»Du musst dir überlegen, was du hier willst, Josh.« Schubert ist jetzt nicht mehr extranett, sondern nur sauer. »Dein Vater hat schon viel erreicht. Er hat mit deiner Mutter eigens eine Hilfsorganisation gegründet, damit Leute in Afrika per Solarzelle ihren eigenen Strom haben. Dein Vater tut was. Er redet nicht nur, er handelt. Und was machst du hier? Du willst mir den Mund verbieten!«

Josh zeigt ihm weiter das Time-out-Zeichen. Er sieht, dass sein Lehrer ihm nichts entgegenzusetzen hat, und sagt: »Wir werden die Welt verändern. Sie haben sie uns in einem erbärmlichen Zustand hinterlassen. Scheiß auf dieses ewige Gelaber. Es muss sich endlich was bewegen!«

Offener Applaus. Josh fühlt sich wie aufgeputscht. Er steht im Mittelpunkt. Wo Josh ist, ist sonst zweite Reihe. Jetzt sagt er ruhig wie Vin Diesel: »Ich muss aufs Klo. Wir können ja später weiter darüber reden, wie wir die Welt retten. Ich muss jetzt was tun.«

Alle lachen – sogar Sarai kann es sich nicht verkneifen und die lacht sonst nur in völliger Dunkelheit.

Josh fühlt sich gut, selbst wenn er dafür mit einer Fünf in Mathe bezahlen muss.

Frank Schubert weiß nicht, was er sagen soll, und beendet die Stunde, rettet sich in seine Ringecke, geht ab durch die Tür, ab ins Lehrerzimmer, wo er seine Wunden lecken und über Schüler wie Josh reden wird. Schüler, die sich einbilden, die Welt von heute auf morgen ändern zu können.

◎

Kurz vor 10 Uhr. Vor dem Windkraftrad ist es ruhig, Bienen summen auf der Wiese, die Rotoren drehen sich gemächlich und die Enten quaken nicht zu laut. Ein Sommerwind gibt Energie für den Tag. Alles ist perfekt, friedlich. Frederike und Josh kommen angeschlendert, beide in Jeans, ihr Oberteil ist schlicht, schulterfrei und die Sonne lacht dazu.

»Das war richtig gut«, sagt sie. »Richtig gut.«

Josh schweigt. Er ist nicht mehr nervös, er ist innerlich gewachsen. Sein Gesicht ist entspannt, er ist irgendwie erleichtert und glücklich.

Sie setzen sich auf die Bank am Windrad, auf der das Schildchen *Rauchen verboten* prangt.

Es ist jetzt Punkt 10 Uhr.

»Und nun?«, fragt Josh.

Da piepst Frederikes Handy – eine SMS:

Schaut JETZT zum Windrad!

Genau in dem Moment hält das Windkraftrad an. Jemand hat es abgeschaltet, als habe er die Zeiger der Uhr angehalten.

Frederikes Handy piepst wieder:

Er kann jedes Windkraftrad abknipsen. ☺
Aber wer will schon Windräder abknipsen?
?Was soll das?, tippt Frederike.
Erklärung: Heute Nachmittag 16 Uhr bei Filinto!!!!
Es folgt die Adresse – sie liegt mitten im Ghetto.

◎

Normalerweise empfangen einen die Leute an der Wohnungstür. Die aber steht offen und Frederike und Josh spazieren einfach herein. Im Flur stehen Stöckelschuhe neben dem Schuhschrank. Die können nicht von Sybille sein, sie trägt stets flache Ballerinas, weil sie sich zu groß fühlt. Filintos Mutter trägt also Pumps und ist klein, denn die Schuhe sind es auch.

An Filintos Zimmertür klebt ein Poster mit dem Foto von einem faulen Apfel, aus dem Spione wie Würmer krabbeln. *Apple-Bashing*.

Filinto hockt vor dem Rechner – wieder im Lederoutfit, er kaut Kaugummi. Sein Zimmer ist eine Höhle. Das Licht kommt nur schwer durchs Fenster, gedämmt durch eine dunkelgrüne Folie. Eine Steel Guitar lehnt an einem Sessel, der aussieht wie ein lederner Handschuh. Sybille sitzt auf dem Bett, sie guckt verträumt, ihre Haare sind zerwühlt. Sieht aus, als hätten die beiden eben noch heftig rumgeknutscht.

»Wie geht's?«, fragt Filinto, der im Gegensatz zu Sybille hellwach wirkt. Der Stoffüberzug des Bürostuhls, auf dem er sitzt, ist abgegriffen und an der Rückenlehne ein wenig eingerissen.

»Hast das Windrad angehalten. Krass«, sagt Josh möglichst gelassen und weiß nicht, was er machen soll. Filinto einfach die Hand geben, das kommt ihm blöd vor. Ehe er sich zu etwas entschließen kann, steht Filinto auf, die Feder des Stuhls atmet aus, und klopft ihm freundschaftlich auf die Schulter. Sybille und Frederike umarmen sich. Dann begrüßt Filinto Frederike mit einem entspannten Kuss auf die Lippen. Josh traut seinen Augen nicht. Macht man das etwa so in Brasilien? Ihm wird schlagartig heiß. Was bildet sich der Typ ein? Und was ist eigentlich so anziehend an ihm? Frederike scheint nämlich nichts gegen den Kuss zu haben. Verdammt! Sicher steht sie auf die kleinen Löckchen auf seinem Kopf und seine dunklen Augen.

Filinto hockt sich vor den Rechner und Sybille setzt sich flink auf seinen Schoß, als wolle sie ihr Revier verteidigen. Der Kuss hat sie geweckt.

Josh ist eifersüchtig – und ärgert sich darüber. Typen wie er müssen sich darum bemühen, verführerisch zu wirken. Typen wie Filinto sind von Natur aus verführerisch. Das weiß Josh und schaut aus dem Fenster. Hochhaus an Hochhaus, sie sind im 13. Stock. Betonsiedlung. Ameisensiedlung. Dahinter liegt die Grüne Lunge, weit weg wie ein anderes Leben. Alles da draußen wirkt weit weg durch diese grüne Folie auf dem Glas. »Dreht sich das Windrad wieder?«, fragt Josh, der von hier aus nicht erkennen kann, ob sich die Rotoren bewegen.

»Klar dreht es sich wieder. Ich wollte euch mit der Aktion bloß demonstrieren, dass wir etwas unternehmen können, wenn wir nur wollen. Das Internet ist der Blutkreislauf unserer Gesellschaft. Wir können ihn jederzeit stoppen und umlenken.« Filinto schiebt Sybille von seinem

Schoß, geht zu Josh und öffnet das Fenster. »Hier schwebt man über den Dingen.«

Josh spürt Filintos Nähe, der jetzt den Arm um seine Schultern legt und ihm ins Ohr zischt: »Die Welt ist ein Puppenhaus. Alles Marionetten, digital gesteuert, mit einem Hang zu Selbsterhaltung und Fortpflanzung.« Filintos Gesicht kommt noch näher. Josh kann die Poren erkennen, er ist eine solche Nähe nicht gewohnt, blickt stur aus dem Fenster, als wolle er fortrudern, hinaus in diesen hellen Tag. Seine Kehle ist wie zugeschnürt.

Der Verkehr da unten fließt, stockt, fließt.

Rot, Gelb, Grün.

Ob nun Filinto sein Unbehagen bemerkt hat oder nicht, er geht jedenfalls wortlos zurück zum Schreibtisch ... Sybille setzt sich sofort wieder auf seinen Schoß und küsst ihn. Josh will da nicht zugucken und schaut auf das Bücherbord, das neben Filintos Schreibtisch steht. Die Buchrücken verraten, dass er sich für Politik interessiert. Al Gores *Wege zum Gleichgewicht. Ein Marshallplan für die Erde* und Al Gores *Angriff auf die Vernunft*. Das steht auch im Schrank seines Vaters. Nietzsches gesammelte Werke. Jede Menge Computerzeitschriften, *Scientific American* und Bildbände über Länder wie Brasilien oder den Amazonas. Josh will nicht zusehen, wie Filinto und Sybille knutschen, aber er schaut doch wieder hin, genau wie Frederike.

Die Poster an den Wänden glänzen. Gothic und Rammstein. Schwarz dominiert den Raum, selbst der Rechner ist schwarz. Ein *Matrix*-Poster hängt schräg über dem Bildschirm: *Du bist also gekommen, die Welt zu retten. Was brauchst du? – Waffen! 'ne Menge Waffen!*

Auf dem Bildschirmschoner verlaufen Buchstaben, die sich nach und nach zu Worten und Sätzen zusammenfügen.

Neo kennt die Wahrheit.
Neo ist die Wahrheit.
Feuer, Schatten, Sonne.
Wer die Wahrheit kennt,
muss dafür sterben.

»Wie beim Höhlengleichnis«, sagt Frederike.

»Kennst du dich aus?«, fragt Filinto. »Platons Höhlengleichnis ist die Vorlage für den Film *Matrix* gewesen.« Filinto doziert, lässig auf seinem Stuhl sitzend wie Harrison Ford bei *Stars Wars* im Pilotensessel. »Die Hauptfigur Neo im Film weiß, dass wir alle nur in einer Matrix gefangen sind. Die Wirklichkeit aber liegt dahinter.«

»Ich mag den Film nicht.« Frederike sieht dabei nicht Filinto an, sondern Sybille. Die zupft nervös am Nagelbett ihres Zeigefingers herum. Sie spürt den Angriff Frederikes.

Was soll das?, fragt sich Josh. Seit wann kennt Frederike solche Filme? Oder will sie nur ihre Freundin Sybille provozieren, indem sie mit ihrem Freund geistig Pingpong spielt? Ein Gedanke er, ein Gedanke sie, hin und her. Und dann immer wieder dieses Matrix-Gerede, das versteht doch kein Mensch! Dachte Josh bis jetzt. Aber Filinto ist geradezu besessen von dieser Idee: Intelligente Maschinen werden die Menschen beherrschen, jeder ist an eine Computersimulation, die Matrix, angeschlossen und lässt sich von dieser eine rein virtuelle Wirklichkeit vorgaukeln. Und dann dieser Neo, der Super-Ober-Held, der Auserwählte, der als Einziger die Wahrheit erkennen, sich nicht von der Simulation täuschen lassen und die Maschinen besiegen soll. Josh ist das alles zu kompliziert, aber Filinto ist voll in seinem Element.

»Sybille hat mir schon erzählt, dass du dich für Philosophie interessierst.« Er lächelt Frederike an. »Willst später mal Archäologie studieren, was?«

»Warum nicht? Da kommt man viel rum.«

Josh lässt sich in den ledernen Handschuh unter dem Fenster fallen. Er nimmt die Steel Guitar, legt sie auf seinen Oberschenkel. Sie ist leichter, als er dachte. Die Stahlsaiten sind extrem hart. Es spielt eine simple Melodie, *Pink Panther.*

»Du bist gut«, sagt Filinto.

Josh ist nicht gut, aber eine Steel Guitar klingt eben besonders. »Was ist dieses Höhlengleichnis eigentlich?«

»Haben wir doch in Philo gemacht«, sagt Frederike.

»Streberin!«, brummt Josh freundlich, packt die Gitarre weg und klopft einladend neben sich.

Prompt hockt sich Frederike auf den Daumen der Lederhand. »Also, eine Gruppe von Leuten ist in einer Höhle angekettet und kann nur auf die hintere Wand sehen. Draußen vor der Höhle scheint die Sonne. Menschen mit Tonkrügen auf den Köpfen laufen am Höhleneingang vorbei. Das wissen die Angeketteten in der Höhle jedoch nicht. Sie glauben, dass die Schatten, die sie vor sich an der Wand sehen, die ganze Wahrheit sind. Sie ahnen nichts von den Menschen dort draußen. Verstehst du?«

Josh würde sie gerne küssen, aber Frederike schaut zu Filinto rüber. Ihr Lächeln wird von ihm sofort erwidert. Und Josh schaut hilflos zu.

Ping. Pong.

»Nun gelingt es einem der Angeketteten, sich loszueisen. Er geht aus der Höhle, sieht die Sonne und die Menschen, die vor der Höhle auf und ab laufen und erkennt die Wirklichkeit.« Frederike merkt, dass Filinto sie skeptisch anschaut. »Was ist?«, fragt sie ungeduldig. »Stimmt das etwa nicht?«

»Doch, doch«, sagt Filinto und sieht sie unverwandt an. »Erzähl einfach weiter.«

Josh könnte schreien.

»Okay.« Frederike macht es sich im Sessel neben ihm gemütlich. »Als er dies seinen Leuten erzählt, glauben sie ihm nicht und verbieten, dass sich in Zukunft irgendwer aus der Höhle wegbewegt. Sie wollen die Wahrheit nicht wissen.«

»Genau wie heute mit der Umwelt«, sagt Josh. »Wir verdrängen ja auch gnadenlos die Wahrheit.«

»Wunderbar, wunderbar«, sagt Filinto, »dann sind wir uns ja darin einig, dass wir was tun müssen.«

Er erntet Kopfnicken von allen Seiten.

»Aber erst mal sollten wir uns locker machen und was trinken.« Filinto steht auf, geht raus und kommt mit Bierflaschen zurück. Danach holt er sich einen Pulli aus dem Kleiderschrank, es ist deutlich kühler geworden.

Josh erhascht einen Blick auf etwas Gelbes, es ist aus Plastik und etwa so groß wie ein 10-Kilo-Kartoffelsack. »Was ist das denn für ein Sack in deinem Schrank?« Josh beugt sich vor, um mehr zu erkennen, aber Filinto versperrt ihm die Sicht.

»Kunstdünger«, erklärt Filinto.

»Aber du hast doch gar keine Pflanzen.«

»Den brauch ich für Sprengstoff.« Filinto lacht über seinen eigenen Witz.

Als sie alle im Kreis auf dem Teppich sitzen, die Bierflaschen in der Hand, fragt Josh Filinto: »Wann hast du eigentlich mit dem Hacken angefangen?«

»Schon immer.«

»Und warum habt ihr uns heute herbestellt?«

»Chillen«, sagt Filinto und nimmt einen kräftigen Schluck. »Gute Gedanken denken. Vielleicht lässt sich mal was unternehmen. Ihr scheint ja ganz cool zu sein und Sybille mag euch.«

Filinto ist bereits bei der zweiten Flasche.

Die vier sitzen und schweigen. Die Zeit vergeht lautlos. Gute Gedanken. Josh weiß nichts mit der Ruhe anzufangen. Aber er genießt Frederikes Nähe. Das Poster an der Wand neben dem Fenster bläht sich leicht, der Wind geht sanft dahinter und hebt es wie ein Segel. Sommerbrise.

Sie sind alle schon nicht mehr bei der ersten Flasche, als Joshs Handy klingelt.

»Papa? Was ist los?«

Sein Vater ist sauer. Frank Schubert hat angerufen.

»Du kannst ihm nicht einfach den Mund verbieten. Er ist dein Lehrer und obendrein stellvertretender Vorsitzender bei uns im Ortsverein.«

»Da sind doch lauter Idioten.«

»Hast du was getrunken?«

»Erdbeerbowle.«

»Du magst doch gar keine Erdbeeren.«

»Eben. Deshalb trinke ich auch keine Erdbeerbowle.«

»Komm nach Hause!«

Josh schweigt.

»Hast du aufgelegt?«, fragt sein Vater irritiert. »Wo bist du eigentlich?«

»Ist Mama sauer?«

»Sie weiß noch nichts davon.«

»Dann muss ich ja nicht nach Hause.«

»Du musst Französisch lernen. Oder glaubst du, du kriegst den Vokabeltest morgen ohne Vorbereitung hin?«

»Ich muss Französisch lernen«, sagt Josh in die Runde. »Französisch ist wichtig. Hast du schon Französisch gelernt, Frederike?«

Frederike schaut Josh fragend an. Josh ist beschwipst, aber sie selbst ist auch nicht gerade nüchtern, deshalb ruft sie: »Merkt dein Vater nicht, dass er stört?«

»Was höre ich da?«, tobt Joshs Vater am anderen Ende der Leitung. Josh stellt sich vor, wie die Falten auf seiner Stirn tiefer werden. Er ist echt ein nerviger Kontrollfreak.

»Nichts, Papa. Ich sitz hier nur neben einem ungezogenen Mädchen. Sie will einfach ihre Vokabeln nicht lernen. Wenn sie weiter unaufgefordert dazwischenquatscht, kann sie aber was erleben.« Dabei blickt Josh in die Runde und prustet laut los.

»Du findest dich wohl wahnsinnig witzig, was?! Du kommst sofort nach Hause!«

Sein Vater bekommt schlecht Luft. Es ist die Aufregung, die ihm den Atem nimmt. Gleich wird er seine Pumpe suchen, denkt Josh. Sein Vater atmet, als hätte er Kieselsteine verschluckt.

Josh knipst das Handy aus. Einen Moment lang hat er ein schlechtes Gewissen. Dann lachen seine Freunde. Lachen verbindet.

»Revolution ist das Feuer, an dem die einen verbrennen und die anderen ihre Suppe kochen«, sagt Filinto laut und sie stoßen klirrend an.

»Zeig doch mal, was du noch so hacken kannst«, fordert Josh ihn auf.

»Und was?«

»Halte die Welt an.«

»Wie soll ich denn die Welt anhalten? Du bist ja völlig knülle, Josh.«

Josh stemmt sich hoch, öffnet das Fenster und schreit: »An alle Autofahrer! Anhalten! Sofort anhalten!«

»Okay!«, sagt Filinto. »Ich kann es versuchen.«

»Was?«, will Josh wissen.

»Den Verkehr, ich werde ihn anhalten.«

Josh wankt hinter Filinto her zum Rechner.

»Du hackst von deinem eigenen Rechner aus?«

»Es gibt tausend Server, über die ich laufen kann, und Millionen von Hide-IPs. Hast du dir noch nie eine verborgene IP eingerichtet?«

»Nein.«

»Sie lässt dich im Netz frei atmen. Zigtausende haben so die gleiche IP wie du. Ein Zurückverfolgen ist damit schwer möglich.«

»Schwer möglich? Oder unmöglich?«

»Nichts ist sicher, nur der Internetladen. Von da aus kannst du alles machen. Aber eine Hide-IP hilft schon sehr, damit dich die Polizei nicht so leicht zurückverfolgen kann.«

Filintos Finger fliegen über die Tasten, geben Symbole und Zahlreihen ein, während er vom Hackernetzwerk Neo erzählt. Mehrere Server. Die Botnets, die von Neo generiert werden, seien schon häufig in Honeypots analysiert worden, aber Neo sei so flexibel. Josh versteht kaum ein Wort. Was sind Botnets? Was Honeypots? Er hat keine

Ahnung, aber er gibt es nicht zu und schaut Filinto nur nickend an. Der erzählt, dass Neo schon zig Server und Netze lahmgelegt hat. Selbst bei der europäischen Raumfahrtbehörde seien sie schon eingedrungen. Bei Neo gebe es jedoch keine kriminellen Hacker, keine Black Hats, sie wären allesamt nur Leute, die für die gute Sache eintreten. Josh erkennt flüchtig das Logo der Stadt, einen Firmennamen – *Intertranser.com* –, danach landet Filinto in dem Netzwerk Neo, dann auf der Seite der Techniker-Community *Sunrise* und schließlich gelangt er auf eine Reihe von Schaltplänen.

Josh kennt Jungs aus Filmen, die mit der Maus und auf der Tastatur blitzschnell sind, Seiten kurz anschauen, registrieren, weiterklicken, unglaublich schnell. Aber live ist das noch mal was ganz anderes. Ein weiterer Schaltplan, mehr Zahlenkolonnen, endlich hat Filinto ein Eingabefeld vor sich.

Darauf steht:

Staugefahr! Bitte Auffahrt A 77 meiden!

Filinto dreht sich auf seinem Bürostuhl um. »Na bitte, Josh. Guck mal aus dem Fenster.«

Der umschifft die Füße der Mädchen, die sich auf dem Boden fläzen, und schaut hinaus. Es tut gut, den Kopf aus dem Fenster zu halten. Frische Luft. Sauerstoffdusche. Der Abendwind. Es ist schön hier oben. Besser, man guckt vom Hochhaus hinunter als umgekehrt. Hier oben ist die Welt Himmel. Da unten ist sie Asphalt.

Hinter ihm sagt Filinto: »Guck mal auf die elektronische Verkehrstafel an der Ecke.«

Da es langsam dunkel wird, schimmern die grünen Buchstaben.

»Was steht darauf?«, fragt Filinto.

»*Staugefahr! Bitte Auffahrt A 77 meiden!* Aber das ist doch …«

»Genau das Gleiche wie bei mir auf dem Schirm. Jetzt werden wir etwas anderes daraufschreiben.«

Josh sieht, dass sich die grünen Buchstaben auf der Verkehrstafel ändern:

Achtung! Erdbeben in 5 Minuten. Verlassen Sie sofort Ihr Fahrzeug!

Josh dreht sich zu Filinto um. Der grinst, die weißen Zähne groß wie Jetonsteine. Josh ist mit einem Schlag nüchtern. »Du bist echt genial!«, ruft er ihm über die Köpfe der Mädchen hinweg zu. »Genial!«

»Sag ich doch!«, wirft Sybille ein und hebt ihren Daumen.

Keiner von den Idioten da unten auf der Straße wird begreifen, dass sie von hier oben aus beherrscht werden, per Mausklick. Sie sind alle ans Netz angeschlossen und haben es noch gar nicht geschnallt.

»Guckt euch das an!«, sagt Josh zu den Mädchen, doch Sybille meint nur: »Lass mal, hier unten ist es viel zu gemütlich.«

»Ich meine es ernst. Das ist völlig irre!«

Ein Wagen hält direkt neben der Verkehrstafel. Der Fahrer steigt aus. Der Wagen hinter ihm hupt, dann hupen alle und der Wind weht den Lärm hinauf bis zu Josh. Weitere Fahrer steigen aus. Sie schauen auf die Verkehrstafel, diskutieren. Das Chaos nimmt seinen Lauf. Die Welt gerät aus dem Takt, weil sich ein paar Zeichen auf einer Tafel ändern. Ein Auto schert nach rechts aus, fährt über den Bürgersteig, will weiter, wird aber von einem aufgebrachten Radfahrer gestoppt, der ihm auf die Kühlerhaube schlägt.

Kein Unfall, aber heilloses Durcheinander.

»Sieh auf die Tafel!«, sagt Filinto. Er hackt erneut auf die Tastatur ein.

Wieder ändern sich die Buchstaben.

Staugefahr! Bitte Auffahrt A 77 meiden!

»Jetzt schau mal, wie lange die Leute brauchen, um wieder in ihre alte Ordnung zu finden.«

Josh reagiert nicht direkt, woraufhin ihn Filinto schroff anfährt: »Schau auf die Uhr! Mach schon! Wie spät ist es?«

»21.38 Uhr.«

Einige Fahrer steigen wieder in ihre Wagen, andere streiten sich noch. Der Radfahrer macht mit dem Handy ein Foto. Passanten folgen seinem Beispiel. Fahrer lehnen sich aus ihren Autos, hupen. Rot, Gelb, Grün. Der Stau löst sich auf, erst langsam, dann schneller, dann ist alles wieder in seiner gewohnten Ordnung.

»Wie lang hat es gedauert?«, will Filinto wissen.

»Neun Minuten.«

»Siehst du, Josh. Wir haben nun durch einen winzigen Auslöser neun Minuten lang das Leben der Leute da unten bestimmt.« Filinto redet darüber, als sei es nur ein Experiment gewesen.

Josh nimmt ihm die Bierflasche aus der Hand und trinkt den letzten Schluck aus. »Wenn du einfach die Ampeln ausschaltest … Was passiert dann?«

»Aye, aye, Käpt'n! Wird gemacht.« Filinto salutiert zum Spaß, krempelt die Ärmel hoch, darunter prangt ein Tattoo.

Josh sieht genauer hin. Ein weißes Kaninchen. Handgroß. Seltsam, aber es kommt ihm irgendwie bekannt vor.

Eine halbe Stunde später hat sich Filinto in das Ampelsystem des Viertels gehackt, müllt es mit Viren zu, bis es komplett herunterfährt. »So, dafür brauchen die ein oder zwei Tage, um es wieder in Ordnung zu bringen. Schau'n wir mal, was passiert.«

◎

Zehn Minuten später stehen sie im Aufzug. Josh schaut in den Spiegel, sieht sich und Frederike darin. Das Bier hat ihn seit der letzten Flasche vollends im Griff, doch er fühlt sich gut. Das Leben ist leicht und er legt Frederike übermütig den Arm um die Schultern, drückt ihr einen Kuss auf die Wange. Es stinkt im Aufzug, der Spiegel ist überall zerbrochen und mit Graffiti beschmiert, ekelig: *Wichser, Muschi, Arsch* steht dort, als hätte einer das Tourette-Syndrom und einen schwarzen Edding gehabt.

Das ist kein Aufzug, das ist ein Klo!

»Die ganze Welt ist ein Klo!«, schreit Josh und lacht dabei.

»Die Welt ist eine Kugel«, sagt Filinto ernst, »und von einer Kugel kannst du nicht fliehen. Wir sind die Erdlinge, die ihren eigenen Planeten zumüllen, weil wir glauben, wir könnten am Ende weglaufen. Aber die Erde ist ein Gefängnis. Hier kommen wir nicht weg.«

Für einen Moment ist es ruhig im Aufzug. Dann öffnet Filinto die Arme und lacht Josh an wie einen alten Freund. Die beiden fallen sich in die Arme und die Mädchen lachen mit.

◎

Erdgeschoss.

Die Aufzugtüren öffnen sich scheppernd.

Draußen ist es dunkel. Sie gehen ums Haus, gleich um die Ecke gibt es einen Internetladen, eine Ampel blinkt, als stehe sie unter Drogen – rot, gelb, grün, rot, rot … andere Ampeln sind ausgefallen. Keine Farbe mehr. Der Mond ist rund, Licht tropft auf die Erde, auf die Stadt. Josh schleppt sich voran. Seine Freunde kommen ihm weit weg vor, dabei laufen sie mit ihm. Hand in Hand. Sybilles Hand ist kräftig, ihr Gesicht bunt wie ein Regenbogen.

An der Kreuzung Richtung Grüne Lunge ist ein Laster umgekippt, das Mondlicht spiegelt sich in einem weißlichen See. Blaulichter der Polizei. Alles ist wie im Film und weit weg, als spiele das Leben auf einer Leinwand. Dabei haben sie das Unheil angerichtet. Filinto! Josh schaut ihn an. Filinto scheint sich keine Gedanken darüber zu machen. Der Lastwagenfahrer hat wohl zu bremsen versucht, weil ihn sonst ein VW Passat auf der Kreuzung gerammt hätte. Josh wird mit einem Mal übel. Verdammter Alkohol! Irgendetwas Weißes suppt aus dem Laderaum des umgekippten Lasters. Es füllt den weißen See auf dem Asphalt, macht ihn größer. Ein Meer von Milch, durch das keiner watet, weil es giftig ist. Josh atmet langsam aus. Er hört Sybille. Sie stupst ihn an.

»Komm schon. Endlich ist diese ganze Blechlawine mal ins Stocken gekommen! Träumst du, oder was?«

Sybille zieht ihn an der Hand. Und in einer Viererkette nehmen sie den ganzen Bürgersteig ein, haken sich unter, überqueren die Straße in einer Schlange zwischen den Autos. Frederike und Filinto sind sich nah, zu nah, findet Josh.

Ihm dreht sich alles im Kopf. Lichter, offene Münder von wütenden Autofahrern. Alufelgen. Josh hasst Alufelgen. Einmal im Jahr putzt sein Vater die Felgen an ihrem Renault. Er hasst Autos. Sybille hat recht. Man muss diese Blechlawine stoppen. »Dieses verdammte Öl. Ihr holt es aus der Erde und holzt alles ab. Aaaalleeees! Um eure Hintern nicht bewegen zu müssen.« Seine Hand streift eines der parkenden Wagen. Am liebsten würde er einfach draufhauen, immer und immer wieder, und dann noch einmal, bis eine Delle entsteht.

»Hier rein!« Filinto schiebt Josh vorwärts. »Rettet den Regenwald. Kauft Südfrüchte beim *Rewe*.«

Jetzt erst kapiert Josh, dass sie vor einem Supermarkt stehen. Die gläsernen Schiebetüren öffnen sich. Josh sieht Erdbeeren und Gurken. Die Bäckerei ist schon zu. Im *Rewe* läuft nicht der Ghettodurchschnitt rum, kaum Albaner, wenige Kopftücher, kaum Afrikaner, Araber, kein Türke. Der *Rewe* scheint eine Insel der Weißen zu sein. Russisch-Brocken dringen von der Kühltheke zu ihnen hinüber. Sie kaufen Chips und Süßigkeiten.

Josh hat Durst auf Milch …

»Hallo Josh, was machst du denn hier?«

Es ist Joshs Onkel Robert, der Bruder seiner Mutter. Er trägt einen Siegelring. Josh nimmt die Milchflasche vom Mund und schaut Robert entsetzt an. Rechts und links von seinen Mundwinkeln läuft ihm Milch herunter. Das spürt er jetzt. Er schämt sich vor seinem Onkel. Einfach Milch aus dem Regal trinken … So was hat er noch nie gemacht.

»Hi, Onkel Robert.« Josh ist wie versteinert. Plötzlich kommt er sich vor wie ein kleiner Junge. Es ist hell in einem Supermarkt. Mann kann nichts verbergen im Supermarkt, jeder soll die Waren sehen, die Kühlregale, Puddings, Joghurts, Quark, Milch in Flaschen. In Mundwinkeln.

»Was machst du hier?«, wiederholt Robert seine Frage.

Wo sind Frederike und die anderen?

Keiner zu sehen, nur sein Onkel.

»Du hast getrunken.«

Josh nickt nicht. Er verweigert die Aussage, mit einer unbezahlten Flasche Milch in der Hand, die er wieder zudreht und zurück ins Regal stellt.

Robert nimmt sie wieder aus dem Regal. »Die bezahlen wir jetzt erst mal.« Er schaut Josh dabei freundlich an. »Und dann bringe ich dich nach Hause. Deine Mutter wartet bestimmt schon. Es ist ja fast 11 Uhr.« Robert ist immer so nett. Selbst auf quälenden Familienfesten behält er ein Lächeln im Gesicht. Josh ist mit einem Schlag nüchtern, als er an zu Hause denkt.

◎

Seine Mutter ist es, die Josh die Tür öffnet. Stinksauer natürlich, als sie seine Bierfahne riecht. »Hast du etwa getrunken?!« Verärgertes Kopfschütteln.

Josh schweigt sich vorwärts, geht an ihr vorbei, folgt seinem Onkel in die Küche. Wenn man lange genug die Klappe hält, versickern die Vorwürfe – hofft er!

Wo sind Frederike, Sybille und Filinto?

Der Abend mit seinen Freunden kommt Josh vor wie ein Traum. Aber jetzt ist er hier in der Küche und es hat sich ausgeträumt.

Mama fragt: »Mit wem warst du eigentlich unterwegs?

Du wirst doch nicht alleine trinken.« Sie erwartet scheinbar gar keine Antwort von ihm. Sie redet und redet. Josh schaut ihr auf den Mund, sein Kopf ist voll und leer zugleich und in seinem Magen rumort es wieder.

»Ich bin müde, Mama«, sagt er.

»Das kann sein. Aber ich will erst einmal von dir wissen …«

»Jetzt beruhig dich mal, Schwesterchen«, sagt Robert zu ihr und nimmt Josh einfach in den Arm.

Es ist ein gutes Gefühl, wie ein wärmender Mantel.

Josh sieht die weiße Milch auf dem Asphalt, die Lichter der Polizei. Filinto und die beiden Mädchen … Wieso waren die plötzlich weg? Vermutlich waren sie nur ein Regal weiter. Und haben ihn gesucht, suchen ihn jetzt noch.

»Mein Handy«, sagt Josh. »Ich habe mein Handy vergessen.«

»Kein Problem. Das findet sich schon.« Robert wendet sich an Joshs Mutter: »Habt ihr einen Hustenlöser im Haus, Sabine?«

»Wieso?«

»Du bist doch selbst eine halbe Chemikerin. Ich muss dir ja wohl nicht sagen, was gut gegen Kater ist.«

Sie schaut auf der Packung eines Hustenmittels nach. »Tatsächlich, Acetylcystein.« Sie reicht Josh zwei Tabletten und ein Glas Wasser.

»Nimm das. Morgen früh geht es dir damit zumindest nicht ganz so schlecht«, erklärt Robert.

Josh schluckt, denkt an sein Handy. Es muss ihm aus der Jeans gerutscht sein, als er im Handschuh gesessen hat.

◎

»Ist das Joshs Handy?«, fragt Filinto.

»Denke schon«, antwortet Frederike mit einem kurzen Blick auf das Mobiltelefon auf Filintos Schreibtisch. »Ich frag mich, warum Josh im Supermarkt einfach so abgehauen ist.«

Der Aufruhr draußen hat sich beruhigt, der in Sybilles Eingeweiden noch nicht. Kein Hupen dringt mehr hinauf durchs offene Fenster, obwohl die Ampelanlagen noch verrückt spielen. Während Josh sich daheim in seinem Zimmer hinlegt und das rechte Bein aus dem Bett hängen lässt, um das Karussell in seinem Kopf anzuhalten, liegen Frederike und Sybille längst wieder friedlich im Handschuh.

Filinto sitzt am Rechner und öffnet eine Playlist.

Softes Zeug, Adele, Milow, OneRepublic, ganz andere Musik, als Sybille es sonst von ihm kennt. Sie schaut Frederike an. Die ist eingeschlafen und liegt neben ihr wie ein kleines Kind. Sybille steht auf, vorsichtig und leise. Sie will zu Filinto und setzt sich auf seinen Schoß, drückt ihm einen Kuss auf den Mund. Er hat Tränen in den Augen.

»Was ist los mit dir?«

»Ach, nichts. Dieser Alk. Erst mache ich irgendwelchen Mist, weil ich alle hasse, und dann werde ich sentimental.«

»Solange du das noch weißt, ist ja alles gut. Aber red schon. Was hast du?« Sie streicht ihm durch die Haare und küsst ihn auf die Wangen, küsst ihm die Tränen trocken.

»Ist schon gut. Ich hab nur zu viel getrunken.«

»Unsinn. Warum weinst du?«

Sybille nimmt seine Hand und die beiden legen sich aufs Bett. Es ist so schmal, dass sie automatisch dicht nebeneinander liegen. Sybille will ihm helfen. »Red doch einfach. Ich möchte nicht, dass du traurig bist.«

»Ich kann es nicht erklären. Mein Vater ist einfach bescheuert.«

»Dein Vater? Der ist doch in Brasilien, irgendwo bei Rio, und arbeitet in einem Projekt für den Regenwald. Vermisst du ihn denn?«

»Er ist ein Schwein.«

»Wieso?«

»Ich hab dich belogen. Er ist kein guter Kerl, sondern abgehauen, als ich noch ein Kind war. Er hatte schon eine Familie in Brasilien, als er damals meine Mutter kennengelernt hat.«

Filinto stockt und hat wieder Tränen in den Augen. Sybille streichelt ihm über die Brust. Er muss husten, als sei ihm die Geschichte peinlich, trotzdem redet er weiter.

»… dann ist er plötzlich verschwunden, von jetzt auf gleich. Ich war erst fünf und er war weg, einfach so, ohne ein Wort – wie tot, als hätten sie ihn begraben. Dabei haben wir vorher alles zusammen gemacht. Ich konnte ja nicht ahnen, dass er auch einen Sohn in Brasilien hat. Mama hat auch nichts gewusst. Papa hat immer so getan, als sei er ein Supertyp. Geologe ist er, später wollte er einmal Brasilien helfen, ein reiches Land zu werden. So viele arme Leute dürfe es in seiner Heimat nicht geben, fand er.«

»Er hat deiner Mutter nicht erzählt, dass er schon eine Familie hat?«

»Kein Wort … Und dann war er weg. Mama hätte sich fast umgebracht. Erst ein Jahr später hat sie erfahren, wo er ist. Er hat ihr ja nicht einmal gesagt, dass er nach Brasilien fliegt.«

»Dieses Schwein.«

»Ja. Und jetzt ist er wieder aufgetaucht, vor gerade mal zwei Monaten.« Filinto zieht den Bildband *Grüne Lunge Amazonas* aus dem Regal. Sybille lächelt ihn an. Auch Filinto fällt jetzt die Parallele auf.

»Aber diese Grüne Lunge am Amazonas muss wirklich gerettet werden.« Er starrt finster auf den Bildband. »Mama und ich und Papa waren sogar kurz bevor mein Vater abgehauen ist noch einmal in Brasilien.« Zwischen den Seiten liegen Fotos von ihrem Aufenthalt in Obidos im Nordwesten des Landes. »Die bauen da Bauxit ab. Aus dem Zeug wird Aluminium für die Autoindustrie gewonnen. Mein Vater wurde von einer amerikanischen Firma bezahlt.«

Er zeigt ihr Fotos vom Dschungel, von sich und seinem Vater, wie jeder einen Papagei auf dem Arm hat, wie sie in einem Einbaum auf dem Amazonas fahren und Filintos Mutter herzhaft lacht und ein Fischernetz über sich geworfen hat. Und dann zeigt er ihr Fotos von Hütten, die aussehen, als würden dort Tiere hausen. »Du glaubst gar nicht, wie sehr es da stinkt. Es ist eine echt schlimme Favela«, sagt er. »Überall Müll.« Solche Bilder kennt Sybille sonst nur aus irgendwelchen Armenvierteln in Afrika. Oder von Favelas rund um Rio de Janeiro. Aber das hier ist noch eine Ecke heftiger.

»Die Fotos habt ihr aber nicht gemacht. Oder wart ihr auch dort?«

»Doch, doch, wir waren da, aber die Fotos hab ich mir später aus dem Netz gezogen ... Mama hatte sich mit mir verfahren.« Filinto greift am Bettende nach seiner Steel Guitar und zupft ein wenig darauf herum.

»Ich denke, du kannst nicht spielen.«

»Jetzt schon.« Er zupft die Saiten nur leicht, berührt sie kaum. Die fauchende Steel Guitar klingt nicht blechern, sie schnurrt. »Ich hab vergessen, wie wir in die Favela geraten sind und warum der Wagen auf einmal nicht mehr weiterwollte. Du kannst dir nicht vorstellen, wie die Nachfahren der Indios hausen. Sie wurden aus dem Dschungel geholzt, ihnen wurde das Wasser verseucht. Bauxit ist ein Schatz, aber wenn sie dir dafür dein Leben nehmen, ist es ein Fluch. Die Indios haben keine Chance, die Tiere haben keine Chance, niemand. Ich hab das als Kind nicht kapiert.«

Filinto legt auf einmal mit einer abrupten Bewegung die Gitarre neben sich aufs Bett. Sie rutscht runter, scheppert. Sybille blickt erschrocken zu Frederike. Keine Reaktion. Die liegt gekrümmt im Handschuh wie ein Shrimp im Cocktailglas.

»Kinder kamen. Mama wollte Hilfe rufen, Papa anrufen, aber das Handy hatte keinen Empfang. Die Kinder hatten sich aus Bambusrohren Maschinengewehre gebastelt. Ein größerer Junge, der war höchstens 14, hatte eine echte Pistole. Mama hielt meine Hand. Der Junge sah irgendwie irre aus, seine Augen quollen ein bisschen hervor. Ich hatte jedenfalls totale Angst vor ihm. Wir lehnten am Jeep, Mama und ich. ›*Vamos!*‹, schrie er, kam mit der Pistole auf uns zu. ›*Vamos!*‹ Ich wollte losschreien. Ich hatte so eine Angst. Jedenfalls hielt mir Mama den Mund zu. So fest sie konnte. Und ich wollte schreien, so laut ich konnte. Ich starrte nur auf die Pistole. Der Junge drückte sie gegen Mamas Stirn und glotzte mich an. Schwarze Augen, nichts als schwarze Augen.«

»Du hast einen Schock gehabt.«

»Weiß nicht. Ich sehe nur noch die Augen, höre einen Mann schreien. Der Junge öffnete ihm die Tür von unserem Jeep. Der Mann blickte hinein und der Junge kam wieder mit der Pistole auf uns zu. Ich dachte, jetzt erschießt er uns einfach. Mama und ich sind weggelaufen. Die Kinder mit den Maschinengewehren rannten uns hinterher, sie lachten. Ich weiß nicht mal mehr, wie viele Kinder es waren. Einer von ihnen schubste mich. Ich fiel. Meine Mutter ging auf ihn los. Sie waren gleich groß, aber er war schneller und lachte sie aus, stieß Mama zu Boden und schrie sie an. Mama gab ihm unser ganzes Geld. Ihr Gesicht war pure Angst. Und sie hielt mich im Arm. Sie war selbst völlig hilflos und hielt mich fest.«

»Das ist ja gruselig.« Sybille streichelt ihm über die Wange.

»Der Horror war noch nicht vorbei. Du glaubst gar nicht, wie schnell es in der Gegend dunkel wird. Je näher du dem Äquator kommst, desto schneller ist die Dämmerung vorbei. Und in dem scheiß Favela gab es kaum Elektrizität. Es war stockdunkel. Überall Augen, die dich anstarren. Ein Mann hat uns dann geholfen, er konnte Englisch. Mama kein Portugiesisch. Wir sind mit zu ihm nach Hause. Die haben zu acht in der Hütte gepennt und er hat uns ein Taxi besorgt. Das weiß ich noch. Aber die Augen von dem Jungen kriege ich nicht mehr aus dem Kopf. Wenn ich mich im Spiegel ansehe, sehe ich seine Augen. Sie sind voller Hass und riesig. Sie hassen die Leute, die das Land kaputt machen.«

»Da hast du noch mal Glück gehabt.«

»Wir schon. Aber nicht der Indio und seine Familie, die uns geholfen haben. Er ist dort und ich bin hier. Vielleicht ist er auch schon tot, irgendeine Seuche oder Verpestung durch das Bauxit. Was weiß ich? Ich weiß nur, dass sie die Leute da aus dem Busch holen und sie vor die Hunde gehen. Selbst der Junge, der uns die Pistole an den Kopf gehalten hat, hatte irgendwie ein Recht dazu. Denn wir sind die wirklichen Schweine. Das Bauxit wird gebraucht, damit VW und Daimler immer schön Aluminium für ihre Karren haben. Und Papa hat ihnen dabei geholfen, schließlich ist er Geologe und war bei der Bauxitfirma beschäftigt. Und jetzt macht er irgendwas mit Öl. Aber ich werde dafür sorgen, dass Leute wie mein Vater auf Dauer kein Glück haben. Sie können sich ihr Bauxit in den Arsch stecken, wenn die Leute keine Autos mehr fahren.«

Sybille nickt zustimmend. »Wir müssen was ändern, das ist mal klar. Nur, wie? Kein Mensch verzichtet freiwillig auf sein Auto.«

»Mal gucken.« Filinto legt die Fotos zurück ins Buch und klappt es zu.

»Warum stehst du auf?«, fragt Sybille.

»Ich will noch was am Rechner machen.«

»Aber es ist mitten in der Nacht.«

Doch Filinto hat schon den Rechner hochgefahren und legt seine Finger auf die Tastatur …

DIE ERPRESSUNG

»Du musst aufstehen. Schule!«

Es ist der nächste Morgen und Joshs Vater hämmert gegen die Tür.

Josh ist trotz des Anti-Kater-Zaubertranks noch flau im Magen und nicht gerade nach Schule zumute. Sein Blick fällt auf die Uhr. Die ersten beiden Stunden hat er schon verschlafen.

»Du kannst nicht zu Hause bleiben!«, ruft sein Vater durch die Tür. »Ihr schreibt gleich in der Vierten den Französischtest.«

Den hatte Josh schon fast vergessen. 40 neue Vokabeln und er kann keine einzige.

»Du kennst ja meinen Stundenplan besser als ich.« Er schleppt sich zur Tür und öffnet.

Sein Vater steht davor. »Also stimmt es, dass du heute den Test schreibst.«

»Noch ein Grund mehr, jetzt nicht in die Schule zu gehen.«

Josh schlappt ungerührt an seinem verdutzten Vater vorbei, greift sich im Flur das Telefon und geht in die Küche. Als er vom Festnetz sein Handy anruft, muss er feststellen, dass sowohl Sybille als auch Frederike noch bei Filinto sind.

»Was macht ihr denn da?«, fragt er Frederike.

»Komm vorbei, dann siehst du es«, erwidert sie knapp und legt auch schon wieder auf.

Sie schwänzt also auch den Test. Josh hält sich den Kopf und schaut seinem Vater zu, der eine Tablette in einem Glas Wasser auflöst und die ganze Zeit auf Josh einredet.

»Bitte, Papa. Motz nicht rum. Ich hab wirklich Kopfschmerzen.«

»Hoffentlich ist dir das eine Lehre.«

Endlich reicht er Josh das Glas. Es schmeckt scheußlich.

»Was ist das?«

»Kein Aspirin«, sagt sein Vater und grinst, dann sagt er bitterernst: »Ich möchte, dass du dich bei Schubert entschuldigst, damit das klar ist, und du gehst heute noch zur Schule. Lieber einen Test schlecht schreiben als einfach schwänzen.«

»Nein«, sagt Josh.

»Wieso?«

»Weil ich recht habe«, sagt Josh. »Schubert kann das bloß nicht offen zugeben. Dieses ganze Ökogesülze, das eure Generation absondert, bringt nichts.«

»Geht es nicht in deinen Kopf, dass du sonst sitzen bleibst?!«

»Ihr könnt mich alle mal«, zischt Josh und dreht sich im selben Atemzug um. Er will seinem Vater nicht in die Augen sehen und stürmt aus der Tür. Die Kopfschmerzen sind wie weggeblasen und sein Vater folgt ihm nicht.

◎

Josh läuft zu den Rotbuchen und steigt an der Haltestelle »Grüne Lunge« in den Bus.

Ein Mann mit Zeitung sitzt ihm schräg gegenüber.

Das Verkehrschaos von gestern ist der Aufmacher im *Express*. Zeitung ist Papierverschwendung. Papierfabriken sind Giftschleudern. Warum können die Leute nicht einfach auf dem Bildschirm lesen? Würde man jedem im Land ein Pad schenken, könnten auf Dauer bestimmt Milliarden von Tonnen Papier gespart werden.

Josh schaltet sein Pad an, liest kurz, dann schaltet er es wieder aus. Die Nachrichten schreiben nicht mehr, als er schon gestern wusste. Die Redakteure kennen schließlich nicht die Matrix, sondern leben in der Höhle. Sie glauben, dass sie die Maschinen bestimmen. Dabei bestimmen längst die Maschinen ihre Welt. Du musst nur an ein paar Stellen den Hebel umlegen und schon kommt der Redakteur zu spät zur Arbeit, erreicht seinen Flieger nicht mehr. Filinto hat diesen Redakteur durch ihre gestrige Aktion dazu gezwungen, einen Artikel über den Ampelausfall für die heutige Ausgabe der Zeitung zu schreiben. Josh und seine Freunde haben ihm vorgegeben, was er zu tun hat! Denn wer das Internet beherrscht, beherrscht die Welt!

Es sind sieben Stationen bis zu Filinto. Das Geratter des Busses ist unerträglich, obwohl die Kopfschmerzen wie weggeblasen sind. Die Ampeln im Ghetto sind noch fehlgeschaltet, während die Verkehrstafeln wieder funktionieren. Sie weisen darauf hin, dass das Ampelsystem außer Betrieb ist, die Vorfahrtsregeln also nun greifen. Die weiße Flüssigkeit ist weg. So gut wie nichts erinnert mehr an das Chaos und morgen wird keine Zeitung mehr darüber berichten. Selbst eine globale Katastrophe wie in Fukushima ist ja schnell im Newsranking hinter den Formel-1-Sieg von Sebastian Vettel gerutscht. Josh kann ohnehin nicht verstehen, warum so viele Leute auf diese schwachsinnige

Formel 1 abfahren, wo völlig sinnlos Benzin verballert wird. Formel 1 ist reine Propaganda für Umweltverschmutzung. Nichts anderes. Man kann auch Öl für Fensterrahmen, Sitze und sonst was nutzen, man muss es nicht verbrennen.

Der Bus hält.

Josh steigt aus, wandert auf das mächtige, blau und grün gekachelte Betongebäude zu, in dem Filinto wohnt. Er schaut an dem Riesen hinauf, findet aber das Fenster mit der grünen Folie nicht.

Josh klingelt.

Niemand fragt durch die Gegensprechanlage, wer da ist, irgendjemand drückt einfach nur die Tür auf. Der Aufzug ist genauso dreckig wie gestern und der Spiegel bricht Joshs schmales Gesicht in kleine Stücke. Es gibt nicht nur eine Wirklichkeit, es gibt Hunderte von Perspektiven, Hunderte von Wirklichkeiten. Er kämmt sich mit der Hand die Haare zurück. Wäre er eitel, würde er Gel benutzen. Joshs Jeans ist eng, auf seinem T-Shirt steht der ironische Spruch *Aus garantiert 100% China*, die Turnschuhe sind von *Converse*, fester beiger Stoff.

Der Flur vom Aufzug bis zur Wohnung ist mit schwarzen Graffitis besprüht. Es wirkt wie in einer U-Bahn. Aber die Tür zur Wohnung Nr. 47 ist sauber. Sie steht offen.

Filintos Mutter steht dahinter, schlüpft gerade in ihre getigerten High Heels. Sie ist zierlich, trägt ein Piercing in der Unterlippe und empfängt Josh warmherzig, als würden sie sich schon länger kennen. Dann fragt sie ihn nach seinen Eltern.

»Politiker und Professorin«, sagt Josh. Das klingt arrogant, obwohl es nur die Wahrheit ist.

Sie kommentiert es mit einem Lächeln gelblicher Zähne. »Ich muss zur Arbeit. Heute Abend werde ich nicht nach Hause kommen. Ich bin gerade im Wechsel von Tag- auf Nachtschicht.«

»Okay.« Warum erzählt sie ihm das überhaupt?

Sie wirft sich selbst noch einen kontrollierenden Blick im Spiegel zu. Die Haare sind schwarz, ihr Gesicht ist bleich. In einer Gruppe Vampire würde sie nicht auffallen, höchstens durch ihre Schuhe, die sie gleich zehn Zentimeter größer erscheinen lassen. Sie trägt Schwarz wie Filinto, allerdings ist ihre Lederjacke kurz.

Josh will sich an ihr vorbei in Filintos Zimmer drängen.

Dann wartet er lieber.

»Tschüss«, sagt sie, als sie an der Wohnungstür ist.

Stöckelschuhe und Vampir und arbeiten. Das passt alles nicht. Aber es passt heute ohnehin nichts. Gar nichts.

Die Tür macht *Klick!* Sie ist weg – und lässt Josh in ihrer Wohnung zurück.

◎

»Hattet ihr heute früh auch so dermaßen Kopfschmerzen? Also ich …«, setzt Josh an, wird jedoch sofort von Sybille mit einem »Psssst!« unterbrochen.

Josh hockt sich neben den Handschuh, auf dem Sybille und Frederike sitzen. Er lässt die Schuhe von seinen Füßen gleiten, schubst sie unter den Couchtisch und hält brav die Klappe, während sie gemeinsam Nachrichten schauen. Eine Kommission der UN-Atomenergiebehörde, die IAEA, tagt in Wien.

Frederikes Handy klingelt. Filinto und Sybille machen

beide gleichzeitig eine ungeduldige Bewegung in ihre Richtung, aber sie blickt ohnehin nur flüchtig auf das Display, zeigt es Josh und sagt: »Schon wieder.« Es sind ihre Eltern, die sauer sind, dass sie heute Nacht nicht nach Hause gekommen ist.

Der Nachrichtensprecher erzählt von irgendeiner Sitzung, die im IAEA stattfindet. Das Gebäude ist gigantisch. Ein Halbkreis aus Glas, Metall und Stein, in dem Tausende von Leuten in ihren Büros sitzen.

»Wenn die statt der Scheiben eine durchsichtige Solarfassade einbauen würden, könnte zumindest dieses Gebäude sich selbst versorgen und bräuchte keinen AKW-Strom. Aber dann würden sich die IAEA-Fuzzis selbst überflüssig machen.« Filinto hat die Beine auf den Schreibtisch gelegt. »Seht euch die ganzen Flaggen davor an. Lächerlich ist das.«

»Ist das nicht diese Behörde in Wien, die sich dafür einsetzt, dass alle 11 Tage irgendwo auf der Welt ein neues AKW ans Netz geht?«

Sybille zuckt mit den Schultern. »Auf jeden Fall glauben die immer noch an Atomstrom wie andere an den Weihnachtsmann. Und ja: Sie sitzen in Wien.« Sie sagt das Wort Wien, als handele es sich dabei um eine Art Geheimcode.

»Was ist eigentlich los mit euch? Irgendwas, das ich wissen sollte?«

»Ich habe heute Nacht was mit den Mädels vorbereitet«, verrät Filinto.

»Der hat uns um 3 Uhr geweckt, der Idiot!«, sagt Sybille, aber sie lächelt dabei. »Wenigstens hat es sich gelohnt.«

»Was habt ihr denn nun vorbereitet?«

»Eine Aktion am Prater«, antwortet Sybille.

»Prater? Das klingt nach Bräter oder Pater.«

»Mann, Josh!« Sybille schüttelt den Kopf wie eine enttäuschte Oberlehrerin und stupst mit dem Zeigefinger gegen seine Stirn. »Das ist das Kirmesgelände in Wien, so was wie das *Phantasialand* in Brühl. Wir werden gleich den führenden Köpfen der Energiebehörde eine SMS auf ihre Handys schicken und dann …«

»… werden wir das Riesenrad auf dem Prater anhalten«, unterbricht Frederike aufgeregt. »Filinto hat es heute Nacht mit den Leuten von Neo gehackt.«

Das klingt in Joshs Ohren nach ein bisschen zu viel Begeisterung. Und auch ein bisschen größenwahnsinnig. Schließlich ist das kriminell. Er hat keine Lust, wegen so was ins Gefängnis zu gehen. »Jetzt hört mal.« Er starrt die drei an. »Gestern haben wir ein paar Ampeln lahmgelegt, okay. Aber das hier ist eine Nummer zu groß.«

»Blödsinn. Wir haben das alles schon super durchgeplant.« Sybille springt auf und geht zu Filinto an den Bildschirm. »Heute ist Feiertag in Österreich. Der Prater wird schon früh voll sein und unsere Aktion dadurch die nötige mediale Durchschlagskraft bekommen.«

Wie Sybille redet! Josh rollt mit den Augen. Das klingt nach konspirativer Sitzung, als ob genau hier das Zentrum aller Geheimdienste und revolutionären Zellen liegt, hier im 13. Stock von Gebäude 31 b an der Kantstraße. *Ocean's Eleven* mit George Clooney und Brad Pitt war dagegen die Verschwörung eines Kindergartens.

»Ihr seid euch eurer Sache ja ganz schön sicher.« Josh ist immer noch skeptisch. Andererseits – es wäre ziemlich cool, denen mal so richtig einzuheizen.

Auch Filinto ist jetzt wie elektrisiert. »Schon die Tatsache, dass bei jedem von denen aus der Kommission gleich im Handy eine SMS eintrifft, wird sie nervös machen. Sie werden sich nicht mehr sicher sein können, ob sie sich sicher sein können.«

»Und wie lautet eure SMS?«

Sybille zeigt auf den Bildschirm. »Da steht's.«

Josh beugt sich nach vorn und liest:

Wir werden im Prater das Riesenrad anhalten. Doch das ist nur ein Spaß. Ernst wird es, falls ihr die AKW in Europa nicht endlich abschaltet!

Josh dreht sich zu Frederike und Sybille um, lehnt seinen Arm auf Frederikes Knie und wiederholt: »Die AKW in Europa abschalten?«

»Was dagegen?«, sagt Sybille. »Schließlich gibt es allein in Frankreich 50 von den Dingern. Sollen die etwa am Netz bleiben? Wenn da ein GAU passiert, sind wir hier auch am Ende.«

»Ihr glaubt wirklich, per SMS die Energiepolitik in Europa ändern zu können? Sollen sie einen roten Knopf drücken und schwuppdiwupp werden aus den Atommeilern Windräder und Solarautos? Wie soll das gehen? Revolution für Couch-Potatos oder was?«

Sybille grinst fies wie ein psychopathischer Clown. »Es ist ja auch nur der erste Streich. Für den zweiten muss Filinto sich noch ein bisschen was einfallen lassen.«

»Genau, aber das kriegen wir hin«, stimmt ihr Filinto zu. »Wir brauchen erst mal einen guten Namen für uns.«

Josh lehnt sich mit dem Kopf an den Handschuh. Sein

Kopf ist noch zu matschig vom Alkohol. »Irgendwas mit Öko oder so?«, schlägt er halbherzig vor.

Sybille steckt sich den Finger in den Hals. »Dann könnten wir uns ja gleich *Die Ökofuzzis* nennen.«

»Was haltet ihr denn von *Wake up*?«, sagt Frederike.

»Wie kommst du darauf?«, fragt Filinto.

Josh sieht, wie Filintos Augen leuchten, wenn Frederike was sagt, und könnte sich jetzt auch den Finger in den Hals stecken.

»*Wake up* ist aus dem Film *An Inconvenient Truth* von Al Gore.«

»... und ein Song von Melissa Etheridge«, sagt Josh, um nicht Filinto das Feld zu überlassen. »Bei der Musik flippt meine Mutter total aus. Na ja, der Text ist zumindest ganz okay. Hab es mal auf der Gitarre gelernt.«

»Echt?« Frederike sieht ihn ungläubig an.

»Ich spiel halt nun mal Gitarre. Und Papa hat mir damals die Griffe gezeigt.«

Frederike lächelt. »So übel ist dein Daddy also gar nicht.«

Filinto schaut sich mit ihnen auf YouTube mehrere Liveauftritte von Melissa Etheridge an. »Ist wirklich schon was älter, der Song. Aber genau der richtige Name für uns.« Und unter den SMS-Text auf dem Bildschirm schreibt er:

Gez.: WAKE UP!

◎

»Okay, Leute. Dann schicke ich die SMS jetzt ab.«

»Halt«, sagt Josh. »Wenn wir schon so was machen, dann machen wir es richtig. Wir sollten einen kleinen

Schreibfehler im Text einbauen, damit wir uns bei weiteren Forderungen auf diesen Fehler beziehen können. Die Empfänger wissen dann gleich, dass wir es wieder sind.«

»Du bist echt cleverer, als ich dachte«, sagt Filinto und baut sofort den Tippfehler ein: »Okay ... *nuur ein Spaß*. Gut so?«

Josh nickt.

Filinto klickt auf die Maus. »Fertig. Die SMS läuft über ein paar Server und danach erst aufs Handynetz. Wir wollen ja nicht zurückverfolgt werden. Etwa sieben Minuten sollten wir uns Zeit lassen. Bis dahin wird die Nachricht bei den acht Leuten vom IAEA-Vorstand angekommen sein.«

Josh ist jetzt doch mulmig zumute. Das ging ihm zu schnell, es ist nicht mehr umkehrbar. Und dann noch dieses Warten! Nervös trommelt er mit den Händen auf den Knien herum.

Sybille hält es nicht mehr im Sessel. Sie stellt sich hinter Filinto, der in seinem Cockpit-Sessel sitzt. Auf dem Monitor ist jedoch nicht das Schiff des Imperators zu sehen, sondern ein sich gemächlich drehendes Riesenrad. Filinto hat sich in die Cam gegenüber an einer Schaukel gehackt. Durch diese haben sie einen direkten Blick aufs Rad: Leute stehen in der Schlange davor, andere steigen aus. Ein normaler Tag auf dem Prater. Es wird kassiert und das Riesenrad dreht sich.

Sybille wuschelt Filinto ungeduldig durchs Haar. »Wie lange müssen wir denn noch warten, ehe wir das Riesenrad abstellen? Die Typen der Atombehörde müssten die SMS längst haben.«

»Einen Moment noch.«

Josh lässt sich neben Frederike in den Sessel fallen. Es ist ein gutes Gefühl, neben ihr in diesem verratzten Handschuh-Sessel zu liegen. Die Welt um ihn herum könnte in Trümmern liegen, es wäre ihm egal, solange er bei ihr sein darf. Sie lächelt ihn an, sagt aber nichts und nimmt auch nicht wieder seine Hand.

»So, sieben Minuten sind vorbei«, unterbricht Filintos Stimme die Stille. Die vier sehen durch die Cam, was nun auf dem Prater passiert. Das Riesenrad hat 15 Gondeln, jede so groß wie ein Kleinbus und alle bleiben per Mausklick stehen.

STOPP!

Die Gondeln pendeln noch einen Moment hin und her, dann stehen sie still. Sie gleichen roten reifen Früchten, die trostlos herunterhängen. Nichts bewegt sich mehr.

»Ob die Typen von der Atombehörde zugucken?«, überlegt Sybille.

Filinto dreht sich zu ihr um. »Bestimmt nicht. Die sitzen zu weit weg.«

»Die sitzen immer weit weg«, spöttelt Josh. Die durften ja nicht einmal über die Störfallstufen in Fukushima bestimmen.

»Guckt euch mal an, wie die Leute reagieren, wenn du die gewohnte Ordnung zerstörst. Kaum jemand handelt. Gestern waren die meisten Autofahrer zumindest empört, jetzt blicken die Leutchen dort in den Gondeln garantiert nur erstaunt um sich. Panisch werden die erst, wenn's lebensbedrohlich wird.«

»Ein bisschen spinnt der schon«, flüstert Josh Frederike ins Ohr.

»Kann sein«, flüstert sie zurück. Es kribbelt sofort in seinem Bauch, aber dann redet sie leider weiter: »Wir haben die ganze Nacht vor dem Rechner gehockt und ich habe noch nie jemanden gesehen, der so klar denken kann wie Filinto. Der Typ ist einfach genial.«

»Hat er dich beeindruckt?«

Sie nickt. »Hat er. Der sieht nicht nur gut aus.«

Im Prater steht das Riesenrad still und Josh ist eifersüchtig wie noch nie in seinem Leben. Er brennt innerlich. Aber er lässt es sich nicht anmerken, sagt nur: »Ihr wart doch gestern genauso betrunken wie ich. Wie habt ihr euch da noch an den PC hängen können?«

»Keine Ahnung. Dafür bin ich jetzt auch tierisch müde.« Frederike verdreht die Augen und gähnt.

»Vielleicht weckt dich das hier.« Sybille deutet auf den Rechner. »Da tut sich was in Wien.«

Josh starrt wie gebannt auf den Bildschirm. Die Bilder der Cam sind zu undeutlich, als dass er erkennen könnte, was sich im Inneren der Gondeln abspielt. Er sieht lediglich, wie die Betreiber des Riesenrads sie mechanisch mit einer riesigen Kurbel in Gang setzen wollen.

Es funktioniert nicht.

Die Feuerwehr rückt an, Zuschauer werden auf den begrünten Platz gleich beim Riesenrad geführt und mit der eintreffenden Polizei kommen auch zwei Fernsehteams samt Übertragungswagen, der Österreichische Rundfunk ORF und RTL.

Sybille gefällt der Medienauftrieb in Wien. »Läuft gut. Wenn das Fernsehen dabei ist, sind wir bald berühmt.«

Filinto geht auf die Internetseite des ORF – *Livestream*: Der Reporter berichtet, was Josh und seine Freunde auch über die Cam sehen. Der Feuerwehrwagen fährt seine Leiter aus und ein Feuerwehrmann steigt hinauf zu einer der Gondeln. Die gelblichen Reflektoren auf der schwarzen Uniform glänzen in der Sonne. Trotz Medien, Polizei und Feuerwehr ist es eine wenig spektakuläre Aktion im Prater, es wirkt eher wie eine Übung. Der Feuerwehrmann, der an der Gondel angelangt ist, öffnet ruhig mit einem handlangen Inbusschlüssel die Gondeltür. Die Rettungsaktion läuft wie am Schnürchen. Der Reporter lobt die Gelassenheit, mit der die Feuerwehr die Passagiere rettet.

Josh lässt sich wieder auf den Handschuh fallen, mit einem eigenartigen Gefühl in der Magengrube. Ihm ist zwar klar, dass sie die Atombehörde der UN erpressen – trotzdem hockt er hier neben Frederike und kann nur sie spüren. Seltsam, die Aktion in Wien lässt ihn kalt – unfühlbar weit weg ist dieser übergewichtige erste Gondelpassagier, der nun die Feuerwehrleiter betritt.

»Warum bringen die nichts über unsere Forderung?«, regt sich Sybille auf. »So macht das keinen Sinn für uns. Unsere Aktion verpufft, wenn nichts passiert.«

»Jetzt krieg dich mal wieder ein.« Frederike steht auf und legt ihrer Freundin beruhigend die Hand auf die Schulter. »So schnell posaunen die das nicht raus.«

Josh findet auch, dass Sybille übertreibt. »Stimmt. Die müssen sich vermutlich erst mal beraten. Das kann dauern.« Aber da ist noch etwas anderes, das ihn beschäftigt. »Wissen die Leute von Neo eigentlich, was wir hier machen?«, fragt er Filinto.

Sybille dreht sich zu ihm um. »Hast wohl Schiss?« Ihre Zunge ist geladen und schleudert Blitze. »Falls du aussteigen willst, kannst du das jetzt noch, ansonsten halt die Klappe.« Sie wendet ihren Blick wieder zum Bildschirm.

Filinto lächelt still in sich hinein und sagt auf einmal: »Okay, Sybille. Du willst, dass die uns mehr Aufmerksamkeit schenken? Dann stell ich das Ding eben wieder an.«

»Was?«

»Na, das Riesenrad«, sagt er ruhig. »Mal gucken, was passiert.« Filinto klickt sich durch mehrere Masken, es dauert. Die Hälfte der Passagiere steht schon auf der Feuerwehrleiter.

Josh betrachtet nervös die kleinen Figürchen auf dem Bildschirm.

»Alles nur ein Spiel«, murmelt Filinto, als könne er Joshs Gedanken lesen.

Sie sehen, wie das Riesenrad wieder anruckt. Sofort bricht Panik bei der Feuerwehr aus. Der ORF-Reporter ist sprachlos, der Einsatzleiter der Feuerwehr kann die Leiter nicht schnell genug einziehen, sie verhakt sich an der Gondel. Die Leute auf der Leiter schreien, die Leiter quietscht, Eisen biegt sich, verzweifelte Rufe dringen aus der Gondel, die nun zur Seite wegknickt. Gnadenlos dreht sich das Riesenrad. Gleich wird die Leiter vom Feuerwehrwagen abreißen und mit in die Höhe gezogen oder die Gondel sogar abreißen. Die Menschen klammern sich an die Leiter, sie werden in die Tiefe stürzen. Der Feuerwehrmann ruft seinen Kameraden etwas zu. Die tun nichts. Was sollen sie auch machen? Ein Sprungtuch ausbreiten? Die Gondel ist in Bewegung! Die Leiter hält, der Leiterwagen steht fest, gleich wird die Gondel abreißen. Die Stahlträger quietschen, die Menschen schreien.

»Halt das Ding an!« Josh ist aus dem Handschuh aufgesprungen. Er brüllt Filinto an, ist außer sich. »Halt das verdammte Ding an!«

Und endlich bleibt das Riesenrad stehen.

Der Reporter kommentiert: »Der Betreiber hat wohl die Notbremse gezogen.«

»Ich bin die Notbremse«, sagt Filinto.

Josh ist erleichtert.

»Da haben die noch mal Glück gehabt«, sagt Sybille.

»Da haben WIR noch mal Glück gehabt«, sagt Josh. Er ist immer noch stinksauer. »Was glaubst du, was passiert wäre, wenn sich das Riesenrad weitergedreht hätte?!«

»Auf welcher Seite stehst du eigentlich!«, fährt Sybille ihn an.

»Die Leute können doch nichts dafür.«

»Wir wollen was verändern, Josh. Kapier das. Verändern!«

Josh sieht ihre Wut und schweigt.

Die Leute steigen vorsichtig, aber zügig die verbogene Leiter hinunter. Die gespannte Menge applaudiert, als der übergewichtige Typ festen Boden unter den Füßen hat.

»Ich weiß ja nicht, was du willst, Josh. Ich jedenfalls möchte was ändern, genau wie Sybille und Frederike.« Filinto wendet den Blick vom Bildschirm und sieht Josh ernst an. »Das wird wohl nicht ohne Verluste gehen. Ich hoffe, das ist dir klar.«

Josh nickt, obwohl er nicht ganz überzeugt ist.

◎

Unglaublich! Josh traut seinen Augen nicht, sie sind in den Nachrichten. Selbst in Deutschland findet sich eine Meldung über die Ereignisse am Prater. Sie zeigt Aufnahmen von der gekrümmten Leiter, bringt einen Satz von einem noch völlig verstörten kleinen Mädchen, das auf der Leiter stand, als das Riesenrad wieder startete. »Ich hab jetzt noch Angst. Ich hab gedacht, ich muss sterben. Das ist so hoch da oben.«

Josh schluckt, als er das sieht. Sind sie zu weit gegangen?

Nicht weit genug, finden die anderen. Mit keinem Wort wird in den Nachrichten die Forderung von *Wake up* erwähnt und das macht sie wütend, vor allem Sybille und Filinto sind frustriert.

War die ganze Aktion für die Katz?

Sybille kann und will es nicht verstehen. »Wir müssen offensiver werden!«

»*Noch* offensiver?« Josh sieht sie verständnislos an. Wie soll das gehen? War das Ganze nicht riskant genug?

»Ja. Noch viel offensiver. Was ist daran so schwer zu verstehen?« Sie hält Josh wohl für leicht unterbemittelt und wendet sich nun an Filinto. »Bist du sicher, dass die Typen von der Atombehörde die SMS überhaupt gekriegt haben?«

»Natürlich«, sagt Filinto. »Ich habe schon von Neo 174 erfahren, dass sie uns auf der Spur sind.«

»Wer ist Neo 174?«, fragt Josh

»Die Nummern sind nur Platzhalter. Keine Ahnung, wer der Typ oder die Frau konkret ist. Vielleicht läuft Neo 174 gerade an der Copacabana entlang und macht alles übers Handy. Ich bin Neo 38. Jedenfalls ist uns die Polizei auf der

Spur. Sie hängen im Netzwerk. Die wollen wissen, wer die Handys ihrer Atomfuzzis gehackt hat. Aber das können sie sich abschminken.«

»Wir müssen jedenfalls radikaler werden, sonst nehmen sie uns nicht ernst«, sagt Sybille und erntet prompt Widerspruch von Frederike.

Josh ist erleichtert. Zumindest Frederike scheint auch nicht so hart drauf zu sein.

»Was willst du denn machen, Sybille?«, fragt sie. »Eine Handgranate ins Europäische Parlament werfen? Was ist, wenn doch mal jemandem was passiert?«

»Und wenn ein AKW hochgeht? Dann passiert noch viel mehr Leuten was. Guck dir doch mal an, was in Fukushima los war. Was bringt es uns denn, wenn wir in Deutschland aussteigen und die anderen Europäer brav weiter AKW bauen? In Tschechien gibt es ein Atomkraftwerk, das total gefährlich sein soll. Nee, Frederike, die Sache muss radikaler werden. Die Atomkraft macht nicht an einer Grenze halt. Und die Konzerne, die die Dinger bauen, auch nicht.«

»Du, jetzt mach mal halblang.« Frederike ist übermüdet und ihr ist nicht nach einer hitzigen Diskussion zumute.

Doch Sybille ist nicht mehr zu bremsen. »Weißt du, wie viele Leute jedes Jahr sterben wegen unserer Energiepolitik in Europa?«, regt sie sich auf. »Wir bringen ganze Völker um, um unser Öl zu kriegen. Und wenn die Klimakatastrophe so richtig in Gang kommt, werden Millionen von Leuten verhungern und verdursten. Es sind ja nicht nur die AKW. Wir dürfen die Energie überhaupt nicht mehr aus der Erde holen. Wir müssen die Energie nutzen, die über der Erde ist, Sonne und Wind. Dann müssen wir keine Pipelines mehr bauen, die quer über die ganze Welt gehen. Weiße Energie, das ist die Lösung, Energie, die wir hier bei uns selbst haben.«

Frederike nickt. »Genau das hat Josh auch schon in Politik gesagt, aber ...«

Filinto reckt die Faust in die Luft. »Wir sollten jetzt erst einmal ein Bekennerschreiben aufsetzen. Damit auch die Öffentlichkeit Bescheid weiß.«

Sybille ist Feuer und Flamme. »Ja, lass uns das machen.«

»Meinst du wirklich?« Frederike ist immer noch ein bisschen skeptisch. »Hast du wirklich keine Angst, Sybille?«

»Nein. Und am besten schreibst du das. Du bist richtig gut in Deutsch.«

Frederike schaut Josh fragend an.

Der nickt und sagt: »Wir müssen was unternehmen. Definitiv!«

»Gut«, sagt Frederike. »Ich werd es tun.«

Filinto geht zu seinem Bett, nimmt die Steel Guitar und drückt sie dem völlig verdutzten Josh in die Arme. »Nimm sie. Sie gehört dir.«

»Wie? Die ist doch von deinem Vater.«

»Eben.« Er sieht Josh einen Moment lang seltsam an, aber bevor Josh nachhaken kann, redet Filinto weiter. »Ich brauch die ganzen scheiß Sachen von meinem Vater nicht mehr. Ich brauche nur euch. *Wir* sind jetzt eine Familie. Wir haben eine Idee ... und jetzt nimm endlich die verdammte Gitarre.«

»Das kann ich nicht annehmen.«

»Ist ohnehin besser, wenn du die Gitarre hast, denn bei mir sagt sie keinen Ton. Ich kann sie nicht spielen.«

Sybille weiß, dass Filinto lügt, aber diese Lüge rührt sie, denn er scheint sie sich selbst zu glauben. Josh nimmt das Instrument.

Dann setzt sich Frederike an den Rechner …

◎

Gegen Mittag trennen sich die vier. Josh, Frederike und Sybille schlendern zur Bushaltestelle. Sie haben Bekennerschreiben an die BILD, den SPIEGEL und die TV-Sender geschickt, doch keiner hat es vermeldet. Es ist, als ob sich die Welt nicht für *Wake up!* interessiert, sondern nur für die Gondeln am Prater.

»Wie machen das eigentlich die Terroristen von Al-Qaida?«, fragt Sybille, kichert albern und schaut zu Josh hinunter, der sich im Plastiksitz der Haltestelle niedergelassen und die Gitarre zwischen die Beine geklemmt hat. Rechts und links neben ihm sind die Plätze frei. Die Mädchen bleiben trotzdem stehen.

Die Sonne brennt auf Josh runter, er beschirmt seine Augen mit der Rechten. »Die setzen Filmchen auf YouTube. Damit ist es auf einen Schlag in der Öffentlichkeit.« Dann ergänzt er trocken. »Aber willst du dich mit Kapuze filmen lassen?« Sie lachen, stellen sich die Mädels in Minirock und bauchfrei vor, wie sie mit Kapuze überm Kopf ein Bekennerschreiben vor dem Monte verlesen. »Und Sybille hat sich die Lippen unter der Maske geschminkt. Die gucken rot darunter hervor.«

Ein paar Wartende stehen an der Haltestelle, die jetzt zu den Dreien hinüberschauen.

»Wir müssen aufpassen«, meint Josh und senkt die

Stimme. »Wenn die uns kriegen, wandern wir in den Knast.«

»Kommt dir das auch so irreal vor?«

Josh nickt Frederike zu. »Du weißt theoretisch, dass es nicht erlaubt ist, was du machst, aber du fühlst es nicht. Es passiert einfach. Ich glaub, Hacker wie Filinto denken gar nicht darüber nach, wenn sie im Netz klauen oder so.«

»Was redest du da für einen Blödsinn? Der klaut nichts«, sagt Sybille. »Filinto ist unser Freund und er gehört zu den White Hats. Die nutzen das Netz und ihr Wissen nur dazu, um Gutes zu machen. Die klauen keine Kreditkartennummern oder Kundendaten.«

»Okay, mag ja sein«, beschwichtigt Frederike sie. »Aber geht es noch ein bisschen lauter? Ich glaub, die Leute in Südamerika haben noch nicht gehört, wie du dich aufregst.«

Tatsächlich sehen einige der Wartenden wieder zu ihnen herüber.

»Wir haben dich schon verstanden«, sagt Josh mit gesenkter Stimme. »Die White Hats machen zwar auch verbotene Sachen, aber sie tun es nur, um noch schlimmeres Unrecht zu verhindern. Die sind sozusagen eine Art Robin Hood des Internets.«

»Schön. Ihr habt es geschnallt«, sagt Sybille.

Josh schaut die beiden Mädels gegen die Sonne an. »Dann müssen wir uns auch nicht mehr streiten, umso besser für *Wake up*.« Und er fühlt sich jetzt gut, ganz ruhig ist er, ganz gelassen. Gleichzeitig ist ihm wegen der Aktion immer noch flau im Magen.

Im Bus lassen sie die Hochhauskulisse schweigend an sich vorüberziehen wie eine Panoramatapete. Sybille hat die Beine bis an den Hals hochgezogen. Sie schaut aus dem Fenster. Ob sie an Filinto denkt? In Vogelweiler steigt kaum ein Fahrgast ein, kaum einer aus um diese Uhrzeit. Der Bus schlängelt sich wie ein Wurm durch ein paar Nebenstraßen und zurück auf die Hauptstraße.

Frederike öffnet ihren Pferdeschwanz, durchkämmt die Haare mit ihren Fingern wie mit einem Rechen, dann bindet sie sie wieder mit ihrem Haargummi zusammen. Der Totenkopf daran glänzt in der Sonne. Josh ist müde, aber er will nicht ins Bett. Er will mit Frederike zusammen sein, sie nach Hause bringen, nicht von ihrer Seite weichen.

Aber Frederike ist angespannt und in Gedanken schon zu Hause.

Ihre Eltern werden einen Riesenaufstand machen, sagt sie, das will sie so schnell wie möglich hinter sich bringen. Verdammt! Josh kommt nicht dazu, sich ihr zu nähern, er findet keinen Kontakt. Hinter den Rotbuchen trennen sich ihre Wege. Umarmung mit Sybille, ein flüchtiger Kuss auf Frederikes Wange und eine Million Gedanken gehen mit ihm den Pfad entlang, der sich zum Haus seiner Eltern schlängelt.

◎

Josh ist eingenickt.

Plötzlich schreckt er auf.

17 Uhr, aber es ist dunkel.

Die Rollos machen den Tag zur Nacht.

Wake up, Neo.

Jetzt fällt es Josh wieder ein. Der Film *Matrix* beginnt mit den Worten. *Wake up, Neo.* Neo bekommt eine Nachricht: *Wake up, Neo.* Deshalb war Filinto sofort für den Namen. *The Matrix has you … Follow the white rabbit.* Es klopft an der Tür, Neo öffnet und eine berühmte Computer-Hackerin mit dem Tattoo eines weißen Kaninchens steht vor seiner Tür.

Daher das weiße Karnickel auf Filintos Unterarm. Steht es in dem Film etwa für weiße Energie? Josh weiß es nicht. Er hat den Film noch nie wirklich geguckt. Immer nur nebenher. Verdammt!

Josh geht zum Rechner, findet unter www.dailyscript.com das Drehbuch. *The Matrix.* Das weiße Kaninchen. An welchen Stellen kommt das weiße Kaninchen im Skript vor? Okay, Seite 11 und 13. Aber kein näherer Hinweis darauf, was das Kaninchen bedeuten könnte.

Josh sieht wieder Filinto vor sich, wie er auf seinem abgewetzten Stuhl sitzt, muss an Wien, an den Prater denken, an Frederike.

Stopp!

Jetzt nicht. Sonst macht er sich verrückt.

Ob ihm jemand geschrieben hat?

Karsten aus der Parallelklasse facebooked online. Er ist ein enger Freund von Chris und fanatischer Traceur, klettert lässig über Mauern, springt von Dach zu Dach, versucht, auf dem kürzesten Weg durch die Stadt zu kommen. Josh bewundert ihn. Normalerweise nimmt Karsten ihn gar nicht wahr.

Sie chatten hin und her. Nein, er habe keinen Bock auf Schule. Karsten ist erstaunlich interessiert. Warum? Er will wissen, was Josh den Tag über treibt. Josh wird stutzig. Hat das was mit Frederike zu tun? Will Karsten ihn aushorchen? Womöglich sitzt Chris direkt neben ihm.

Josh klickt sich raus aus Facebook, spielt ein bisschen *Jump 'n' Run*. Er will nicht denken, sondern etwas, das ihn an früher erinnert, will ein heimeliges, gutes Gefühl in sich hochladen. Mit Musik oder Spielen geht das immer. Schatzsuche. Hat er mit sechs Jahren gespielt. Langweilig. Es geht nicht. Er muss sich dem Tag stellen. Josh wirft sich aufs Bett, klickt sein Pad an und geht auf die Nachrichten:

> Wie spiegel.de vermeldet, hat eine Gruppe, die sich WAKE UP nennt, das Riesenrad im Prater manipuliert, um die in Wien tagende UN-Atomenergiebehörde IAEA zu erpressen. WAKE UP! verlangt, dass sämtliche AKW in Europa abgeschaltet werden. Ein Zeitraum dafür wurde nicht genannt … Man nehme die Drohung ernst, da …

Aber sie wissen nichts. Sie stochern im Dunkeln. Josh klickt sich aufgeregt durch die Nachrichtenseiten. Jetzt ist es offiziell. Was im Netz steht, ist nicht mehr aus der Welt zu schaffen.

Ich bin im Netz, also bin ich.

»Ach, hier steckst du also!«

Josh zuckt zusammen.

Sein Vater steht im Zimmer, stinksauer.

Josch antwortet nicht, sieht, wie sein Vater auf ihn zukommt, wie ein Schatten steht er über ihm. Für einen Moment nimmt ihm der Schatten die Luft. »Du weißt, du fliegst von der Schule, wenn du so weitermachst.«

Josh glaubt ihm kein Wort. So schnell fliegt keiner vom Monte. Die versuchen, jeden zu retten. Trotzdem nickt Josh reumütig. Jetzt nur kein Streit mehr, er darf seinen Vater nicht provozieren.

Sein Vater schaut auf das Pad, wo ein Nachrichtenstück von der Prater-Aktion läuft. »Spinner sind das.«

»Wieso?«

»Wer glaubt, dass in Europa die AKW abgeschaltet werden, nur weil ein Riesenrad sich nicht mehr dreht, ist naiv.«

»Immerhin unternehmen die von *Wake up!* etwas.«

»Lächerlich.«

»Du findest ja auch die Piratenpartei lächerlich.«

»Ist ein anderes Thema.«

Nun ist Josh doch wieder sauer. Immer gelingt es seinem Vater, ihn zu reizen. »Was sollen die Leute denn tun, damit die Kraftwerke endlich abgeschaltet werden? Sich ins Europaparlament wählen lassen?«

»So ein Quatsch wie die Prater-Aktion führt jedenfalls nur dazu, dass die Leute in Misskredit geraten, die wirklich etwas in der Umweltpolitik ändern wollen.«

»Leute wie du?« Josh ist jetzt richtig in Fahrt, aber sein Vater unterbricht ihn: »Ist das dein Handy?«

»Welches Handy?«

»Na, das da in deiner Jeans vibriert.«

Josh zupft an seiner schmutzigen Hose herum, die neben dem Bett auf dem Boden liegt. Zu spät. Chris hat angerufen. Was wollte der? Bestimmt hat er wirklich eben neben Karsten beim Chat gesessen.

»Frederike?«, fragt sein Vater.

»Wie kommst du darauf?«

»Ihre Eltern haben bei uns angerufen. Sie geht wohl auch nicht mehr zur Schule.«

»Und woher wissen die, dass ich nicht da war?«

»Ihre Mutter war jedenfalls noch hysterischer als Mama.«

»Was ist denn mit Mama?«

»Sie ist ausgeflippt. Schließlich hast du den Französischtest geschwänzt und dann ist auch noch bald die Preisverleihung von Mama in Düsseldorf. Das ist sowieso schon alles eine ziemlich aufregende Zeit für sie. Das mit der Preisverleihung hast du noch auf dem Schirm, oder?«

Nein, Josh hat es verdrängt. »Da muss ich ja wohl nicht mitkommen.«

Sein Vater verzieht keine Miene. Er wirkt schlichtweg enttäuscht.

»Frederike gefällt dir, stimmt's?«

»Geht dich das was an?«

»Jetzt reicht es mir. Deine Mutter will dich jedenfalls gleich sehen, wenn sie von der Uni kommt. Bleib also bitte hier. Sie muss mit dir reden.«

»Wieso soll ich zu ihrer Preisverleihung? Schließlich ist das nicht *mein* Job.«

»Halt dich zurück, Josh.«

»Wieso? Mama hat immer nur ihre scheiß Arbeit im Kopf gehabt. Ich musste in diesen bekloppten Hort, während sie an ihrer Professur bastelte. Bis heute ist sie doch wie auf Droge, wenn die vom Institut anrufen. Da kümmert sie sich um jeden Mist und hier ...«

»Du bist ungerecht.«

»Ihr auch! Lasst mich doch einfach in Ruhe. Es ist mein Leben!«

Sein Vater sagt nur: »Du bleibst jedenfalls hier, bis Mama kommt.«

»Ich überleg's mir.«

◎

Da sein Zimmer zwar ein Fenster hat, es darunter jedoch zwei Meter tiefer direkt in das Regenwasser-Auffangbecken geht und die Tür ein Schloss besitzt, ist das mit dem Überlegen nicht mehr möglich, als sein Vater die Tür beim Herausgehen abschließt.

»Spinnst du jetzt total?!«, schreit Josh ihm durch die geschlossene Tür hinterher.

Er horcht. Die Schritte seines Vaters knirschen auf der Treppe. Geht der jetzt ganz gemütlich nach unten? Er will ihn doch nicht wirklich so lange einschließen, bis Mama kommt? Das kann er einfach nicht bringen!

»Hör mal! Das ist verboten!« Josh tritt in seiner Wut gegen den Schreibtischstuhl, kippt ihn um. »Das macht überhaupt keinen Sinn!« Josh könnte vor Wut platzen. Er schreit, reißt an dem Rolloriemen. Das Rollo hebt sich, fliegt nach oben in den Rollokasten, der Tag zieht ins Zimmer.

Fenster auf. Licht rein.

Josh sieht die Steel Guitar, dann nimmt er seine E-Gitarre, schließt sie an den Verstärker an und spielt *Smoke on the Water*. Er hasst das Lied, aber das Gute daran ist: Sein Vater kann es auch nicht mehr ertragen, so oft und so laut hat Josh es früher gespielt. Er dreht den Verstärker voll auf. »Burned the place to the ground. Smoke on the water and fire in the sky. Smoke on the water …« Um ihn herum zittert die Luft, er spürt die Musik in den Füßen, auf seiner Haut, in seinem Körper, in seinem Bauch.

»Ruhe da oben!«

Josh grinst zufrieden, als er die wütende Stimme seines Vaters hört.

»Smoke on the water and fire in the sky!«, schreit er

und schlägt auf die Saiten ein. Schlag auf Schlag. Die Gitarre ist laut wie ein Laster. Und auf einmal ist er sich sicher, dass sie zu viert etwas bewirken können.

Dann hält er inne.

Er will *I need to wake up* von Melissa Etheridge hören und öffnet auf dem Pad den Al-Gore-Film *An Inconvenient Truth*. Im Abspann des Films läuft der Song und Al Gore gibt Tipps, wie die Erde zu retten ist:

Are you ready to change the way you live?
Plant trees!
Lots of trees!
Tell your parents not to ruin the world that you will live in!
If you are a parent, join with your children
to save the world they will live in!
Plant trees!
Lots of trees!
Change your thermostat
and use clock thermostats
to reduce energy for heating and cooling.
Switch to renewable sources of energy!
Plant trees!
Lots of trees!
Vote for leaders
who pledge to solve this crisis!
Write to congress!
If they don't listen, run for congress!

So ein Blödsinn. Soll er etwa Politiker werden, um etwas zu ändern? Al Gore ist ein Spinner! Ein Träumer! Wenn man Politiker ist, ändert man nichts mehr. Der sollte mal sehen, was aus Joshs Vater geworden ist. Ein Tiger ohne Zähne, der Kopfsalat frisst.

Vor einem Jahr hat Josh mit seinen Eltern den Film geguckt. Sie saßen vor dem Fernseher und waren so richtig betroffen. Ja, so schlimm steht es mit der Umwelt. Ja, so schlimm sind die anderen. Wir dagegen tun doch alles, was im Abspann steht. Wir haben ein Ökohaus, nutzen Bus und Bahn, sammeln Regenwasser und haben Ökostrom. Sogar bekloppte Zeitschaltthermostate …

Hat Sybille doch recht? Müssen sie noch sehr viel radikaler werden, um etwas zu bewirken? Vielleicht ist alles andere ja wirklich nur eine bequeme Ausrede …

Er drückt Frederikes Handynummer ein. Er muss mit ihr reden. Frederikes Handy ist aus. Ob sie schläft? Wo ist sie? Unterwegs? Ist sie etwa bei …?

Er ruft Sybille an.

Die klingt euphorisch und aufgeregt. »Nein, ich bin nicht bei Filinto«, sagt sie. »Aber hast du mal ferngeguckt? Wir sind in den Nachrichten!«

»Chris hat eben bei mir angerufen.«

»Hörst du mir eigentlich zu, Josh? Wir sind in den Nach-rich-ten!! *Wake up.*«

»Ja, weiß ich, aber sag mal, meinst du, Chris ist sauer?«

»Natürlich ist er das.«

»Und wo ist Filinto?«

Sybille seufzt. »Vermutlich vorm PC.«

»Mag er Frederike?«

Jetzt sagt Sybille gar nichts mehr. Ist sie eifersüchtig?

»Glaubst du, sie ist bei ihm?«, fragt Josh leise.

»Hey, Josh. Hör endlich mit dieser Eifersucht auf. Das

ist ja krank. Wir vier sind zusammengekommen, weil wir uns finden mussten.«

»Bist du überhaupt nicht eifersüchtig?«

»Nee, bin ich nicht«, lügt sie. »Schließlich sind wir ein Team. Und jetzt komm erst mal wieder zu dir. Wenn du dich beruhigt hast, kannst du mich anrufen.«

◎

Josh schaut aus dem Fenster. Er ist immer noch ein Gefangener in seinem eigenen Zimmer, ein Gefangener seines Vaters. Blätter schwimmen da unten im Auffangbecken, Mückenlarven wimmeln herum. Er müsste über das Regenwasserbecken hinüberspringen. Aber das sind gut und gerne vier Meter. Er nimmt den Karton mit den Winterklamotten aus seinem Schrank und zieht die Daunenjacke heraus. Dann stellt er sich auf die Fensterbank, fixiert das Gebüsch hinter dem Becken, fasst sich ein Herz, spürt den Zorn gegen seinen Vater, die Eifersucht – und springt.

Im nächsten Moment knacken die Stöcke unter ihm und piksen ihn. Verdammt lange Stöcke, verdammt spitze Stöcke, verdammt kräftige Stöcke. Hätte er nicht die Daunenjacke an, so wäre er jetzt vermutlich durchlöchert. Trotzdem tut es weh, seine Hände sind zerkratzt – aber er ist frei. Er rappelt sich auf und kriecht aus dem Gebüsch.

◎

Sybille steht grübelnd in ihrem Zimmer. Sie nimmt einen Lippenstift von der Ablage und macht sich damit die Wangen kirschrot wie eine Puppe. Sie macht sich hässlich. Sie will hässlich sein, wenn sie schon nicht so schön ist wie Frederike. Joshs Gerede über Frederike und Filinto hat sie aus der Ruhe gebracht. Die euphorische Stimmung von eben ist weg. Sie hält es nicht mehr aus, wählt Frederikes Nummer. Die geht nicht ran. Dann stellt sie die Rufnummerunterdrückung ein und versucht es erneut.

»Frederike?«

»Wer sonst?«, fragt Frederike genervt zurück.

»War das ein Zufall, dass du mich eben weggedrückt hast?«

»Meinst du, ich mach das mit Absicht? Mir ist das Handy runtergefallen.«

»Wo bist du?« Sybille schaut sich im Spiegel an. Ihr Gesicht gleicht einer Maske mit blutigen Wangen.

»Warum fragst du?«

»Ist die Antwort so schwer?«

»Ich bin zu Hause. Sonst noch was?«

»Gefällt dir Filinto eigentlich?« Bei dieser Frage kaut Sybille an ihrem Nagelbett herum. Das tut sie immer, wenn sie nervös ist, aber nicht nervös sein will.

»Klar«, sagt Frederike. »Er ist doch ein hübscher Typ.« Sie sagt es und lacht dabei, als sei die Frage ein Witz.

»Du weißt, dass wir zusammen sind?«

»Keine Sorge, ich spann ihn dir schon nicht aus, aber ich muss auflegen.«

»Wieso?«

»Mensch, bei mir klopft jemand an. Bestimmt will meine Mutter schon wieder irgendwas. Die ist im Moment wie ein Wachhund.«

Sybille vertraut ihrer Freundin und legt auf, nicht ahnend, dass Filinto neben Frederike steht.

»Warum lügst du sie an?«, fragt er mit hochgezogener Augenbraue. Er scheint sich bestens zu amüsieren.

Frederike wird knallrot. »Hey, sie ist meine Freundin und jetzt denkt sie, zwischen uns läuft was. Wenn sie nicht so einen Ton draufgehabt hätte, hätte ich auch nicht so einen Mist geredet.«

»Sie ist auch *meine* Freundin«, sagt Filinto. Und mit einem zweideutigen Grinsen setzt er hinzu: »Deshalb läuft zwischen uns ja auch nichts. Stimmt's?«

◎

Derangiert steht Josh hinter dem demolierten Busch auf dem Weg hinter dem Haus, zieht seine Jacke aus und lässt sie einfach liegen. Durchlöchert wie ein Ortsschild in Texas. Wegen seines bescheuerten Vaters hätte er sich fast die Knochen bei dem Sprung gebrochen.

Seine Eltern haben keine Ahnung von dem, was er denkt. Oder sie nehmen es nicht ernst. Das ist zum Kotzen.

Etwas abgerissen steht er ein paar Minuten später vor Frederikes Haus und klingelt.

»Sie ist nicht da.«

Frederikes Eltern sehen Josh unfreundlich an. Ihre Gesichter sind verschlossen wie das Hemd des Vaters. Er hat nicht einmal die Krawatte geöffnet, dabei ist er sonst ein recht lockerer Typ. »Warst du gestern Nacht mit ihr zusammen?«, sagt Frederikes Vater.

»Sie war die ganze Nacht bei uns.«

»Was meinst du mit uns? Bei dir?«

Josh zuckt mit den Schultern. »Das kann ich euch leider nicht sagen.«

»Das solltest du aber. Dein Vater ist auch nicht gerade glücklich über euer Verhalten.«

»Ich weiß.«

»Sie war noch nie die Nacht über weg, ohne uns etwas zu sagen. Und du ja auch nicht.«

Stimmt. Er ist immer brav gewesen – zu brav. Josh zuckt mit den Schultern und schweigt, dann dreht er sich ohne ein weiteres Wort um und geht. Er kann sich ihre verdutzten Gesichter vorstellen, wie sie ihm sprachlos nachschauen. Die beiden sind bestimmt sauer.

Na ja, was soll's? Er kann nicht mehr immer nett und höflich sein und ständig alles bis ins Detail erklären. Dieses ganze komplizierte Elterngehabe und das ewige »Kannst-du-mir-mal-erklären-was-ihr-euch-dabei-denkt?« geht ihm fürchterlich auf die Nerven.

Aber wo ist denn nun Frederike?

Auch wenn es ihm nicht passt, er hat da so eine Ahnung, wo er sie finden wird …

◎

»Komm hoch«, dröhnt Filintos Stimme verzerrt durch die Gegensprechanlage. Die Tür summt. Josh steigt in den Aufzug und drückt die 13. Die Neonröhre in der Kabine flackert, der Spiegel ist jetzt völlig demoliert und ein neuer Spruch steht auf der Wand: *Wir sind immer für einen Spaß zu haben – 110.*

Oben ist die Wohnungstür wie üblich angelehnt, sodass Josh einfach eintritt.

»Wir sind hier, in der Küche!«, ruft Filinto.

Wen meint Filinto mit wir? Hoffentlich nicht …

… Leider doch: Frederike sitzt Filinto gegenüber am Küchentisch. Ihre Haare sind offen, sie spielt mit dem Totenkopf ihres Haargummis zwischen den Fingern.

»Ich hab mich heute Mittag nicht nach Hause getraut«, sagt sie und macht eine Faust um den Totenkopf.

»Warum bist du nicht zu mir gekommen?«, fragt Josh.

Filinto lächelt.

»Grins nicht so blöde!«, faucht Josh ihn an.

Was bildet sich dieser Macho ein? Hockt da lässig auf dem Stuhl, als würde ihn gar nichts berühren, die Seele abwaschbar. Teflon. Filinto hat die Beine weit unter den Tisch gestreckt. Ob sich seine und Frederikes Füße dort unten berühren?

»Ich grinse nicht. Ich denke nach«, entgegnet Filinto und grinst breit.

»Hahaha! Verarschen kann ich mich selbst!« Wollen ihn die beiden für blöd verkaufen? Josh sieht weder Frederike noch Filinto in die Augen, schaut auf die Espressomaschine, auf Herd und Kühlschrank. Der Lack an den Geräten blättert, die ganze Küche ist alt und angesifft, keine Einbauküche, wahllos zusammengestellt wie in einem Studentenwohnheim.

»Hast du es auch nicht bei deinen Eltern ausgehalten?« Die Ruhe, mit der Frederike ihre Frage stellt, bringt Josh aus der Fassung. Hat sie etwa wirklich nichts mit Filinto?

»Na ja, du kennst das ja«, antwortet er ausweichend. »Habt ihr Nachrichten geguckt?«

»Klar«, sagt Filinto. »*Wake up!* ist jetzt berühmt. Willst du ’nen Kaffee?«

Josh setzt sich, aber Kaffee ist ihm zu bitter.

»Lass mich mal machen. Viel Milch, dann klappt das schon.«

◎

Die drei hocken am Tisch, schweigen, als habe jemand den Stecker aus der Unterhaltung gezogen. Josh nippt an seinem Kaffee. Tatsächlich nicht bitter. Frederike schaut Josh an, als hätte sie Kälte verschluckt. Nur für Filinto hat sie einen warmherzigen Blick übrig. Sie trägt ein rot-weiß gestreiftes Oberteil. Wo hat sie das her, wenn sie nicht daheim gewesen ist? Die Ärmel gehen bis zu den Ellenbogen, zu lang für die Jahreszeit.

»Warst du shoppen, Frederike?«

»Ich brauchte was zum Wechseln. Hatte ja schon die ganze Nacht in meinen Klamotten verbracht.«

Wie etwas zum Wechseln sieht das nicht aus, eher edel.

»Hast du schon mit deinen Eltern geredet?«, fragt er.

»Ich soll nach Hause kommen.«

»Und das hat dir Angst gemacht?«

Sie nickt. »Mein Vater kann ziemlich heftig werden.«

»Mach dir keinen Stress, Frederike. Du kannst heute Nacht hier schlafen«, unterbricht Filinto und sieht Frederike verständnisvoll an. »Du übrigens auch, Josh.« Dabei beugt er sich ein wenig über den Tisch zu Josh hinüber. Entweder kann er gut den Freundlichen spielen oder er meint es wirklich ernst.

»Hat deine Mutter nichts dagegen?«, fragt Frederike.

»Du willst ja nicht bei mir im Bett pennen, sondern nur in meinem Zimmer.«

Eine Kuh blökt.

Filinto macht keine Anstalten, aufzustehen, obwohl das

Blöken eindeutig aus dem Flur kommt und laut ist. Sie hören eine Stimme, eine Tür quietscht. Schließlich erscheint Filintos Mutter in einem schwarzen Pyjama.

»Dein Vater.«

»Um die Uhrzeit?« Filinto wirkt einen kurzen Moment verunsichert. »In Rio ist es doch mitten in der Nacht.«

»Red einfach mit ihm.« Sie hält ihrem Sohn den Hörer hin. »Ich will schlafen. Ich steck mir jetzt Ohropax ins Ohr. Weckst du mich nachher bitte? Sonst verschlafe ich.«

»Ja, ja, Mama, mach ich.«

Filinto nimmt das Telefon und spricht Portugiesisch mit seinem Vater.

In der fremden Sprache redet er schnell und ein wenig überdreht. Er ist nicht mehr so cool, wirkt eher als habe man ihm ein Aufputschmittel verabreicht. Selbst seine Miene ändert sich, wird überfreundlich, verkrampft.

Josh hat auf einmal das Gefühl, Filinto überhaupt nicht zu kennen, zumindest nicht diesen verunsicherten Filinto, der seinen brasilianischen Vater unbedingt hassen will. Unvermittelt knipst der das Handy aus.

»Alles klar?«, sagt Frederike.

Filinto nickt nur, kein Wort zum Telefonat. Er lässt sie nicht in seine fremde Welt und legt den Hörer neben sich, ganz ruhig, geradezu vorsichtig, als wolle er sich selbst beruhigen.

»Wie gesagt, ihr könnt hier schlafen. Aber deine Eltern haben ja zurzeit Besseres zu tun, als dich zu nerven.«

»Wie kommst du darauf?«, fragt Josh erstaunt.

»Ich hab meine neuen Freunde gecheckt. Und bin dabei auf deine Mutter Rose Fischer gestoßen. Sie ist ja wohl ein kleines Superhirn.«

Für eine Sekunde ist Josh irgendwie stolz auf sie.

»Und sie erhält morgen den Robert-Hooke-Preis für ihre Forschungen am MCKL-Erreger.«

Josh schaut Frederike an: »Hast du mich mit ihm zusammen ausspioniert?«

»Was heißt schon ausspioniert ...«, geht Filinto beschwichtigend dazwischen. »Ich hab nur was nachgeschaut. Nimm es nicht so tragisch. Hast du schon mal was von Computerbakterien gehört?«

»Warum?« Josh ist sauer. Was mischt der sich in sein Leben?

»Wissenschaftler wie deine Mutter bezeichnen damit Bakterien, die wie Mikromaschinen funktionieren. Sie werden in dich injiziert und sollen Krebszellen oder Gifte in deinem Körper unschädlich machen. Wir von Neo verstehen unter Computerbakterien etwas anderes. Wenn du den Aufbau eines Handys und den eines Bakteriums vergleichst, erkennst du Ähnlichkeiten: Gehäuse, Zellwand, Prozessor, Nucleoid, Ribosomen, Application processor. Bislang gibt es Viren für Rechner, aber wir machen Bakterien, die den Generalschlüssel für alle Computersysteme in sich tragen.« Filinto schaut in Joshs fragendes Gesicht. »Komm mal mit in mein Zimmer.«

◎

YouTube. Eine Gruppe bunt Maskierter grölt ihre Variante von dem bekannten Beatles-Song: *»Lucy in the cloud with diamonds ...«* Filinto drückt auf Pause: »Das ist eine Botschaft von Neo ... *cloud with diamonds* ... Du weißt, was damit gemeint ist?«

»*Cloud?* Das ist doch eine Bezeichnung für einen Speicherplatz irgendwo im Netz.«

»Genau. Und wir nutzen die Kapazität der Clouds von Google, Amazon und Apple. Ihre Clouds sind unsere Clouds, alles verschwimmt, keine Grenze mehr zwischen Rechner und Netz, Hard- und Software. Alles verschwimmt. Quelle und Wasser. Selbst auf die Intranetleistungen von Behörden können wir zugreifen. Unser Programm *White Sheriff* macht uns zum Teil eines jeden Servers.«

»Und was hat das mit meiner Mutter zu tun?«

Filinto lehnt sich in seinem Drehstuhl zurück. »Warst du schon mal bei ihr im Labor?«

»Ja, natürlich.«

»Perfekt!« Frederike strahlt. »Wir brauchen nämlich die MCKL-Bakterien aus ihrem Labor.«

»Seid ihr irre? Wozu denn das jetzt?«

»Na ja«, erklärt Frederike. »Du hast mir doch von diesem Erreger erzählt und wenn ich das richtig verstehe, reicht schon eine kleine Menge aus, um das Trinkwasser einer ganzen Stadt zu verseuchen.«

Josh nickt bestätigend. »Und?«

»Wir werden sie damit erpressen, die AKW in Deutschland und später auch die in Frankreich oder England abzuschalten!«

»Hey, ich kann nicht einfach ins Institut spazieren und den MCKL-Erreger klauen. Das Zeug ist supergefährlich!«

»Ach, es passiert schon nichts, wenn wir das gut planen. Deine Mutter hat doch sicher einen Schlüssel fürs Labor.«

»Und ich soll ihr den Schlüssel klauen und dann nachts ins Institut …« Josh sieht die beiden skeptisch an. Klar, sie müssen radikaler werden, aber er sucht nach einem Vorwand, das Ganze noch abzuwenden. »Ich brauch auch die Chipkarte. Nur damit kommt man in den Sicherheitsbereich. Und die ist im Portemonnaie meiner Mutter.«

»Kannst du die Karte nicht kopieren?«, fragt Frederike Filinto. »Dann müsste Josh sie nur kurz an dich übergeben und könnte sie anschließend wieder ins Portemonnaie seiner Mutter stecken.«

Josh merkt, aus der Sache kommt er irgendwie nicht raus. »Alles klar«, sagt er resigniert, »ich kümmere mich darum, dass ich unbemerkt an den Schlüssel komme.«

Es klingelt.

»Das wird Sybille sein«, sagt Frederike und geht nach draußen in den Flur.

Im nächsten Moment kehrt sie kreidebleich zurück. »Da ist die Polizei. Die stehen unten! Was soll ich machen?«

»Na, aufdrücken!«, fährt Filinto sie an. »Sonst schöpfen sie Verdacht.«

»Quatsch! Die schöpfen nicht Verdacht, die haben bereits einen Verdacht, sonst wären die nicht hier«, sagt Josh. »Wie kommen die überhaupt auf uns?«

»Jetzt bleib mal ruhig.« Filinto legt Josh die Hand auf die Schulter und wendet sich wieder an Frederike. »Was wollen sie denn überhaupt?«

»Na, dass ich die Tür öffne. Ich konnte ja noch nicht einmal fragen, wer da ist.«

»Dann haben sie deine Stimme also nicht gehört?«

Frederike nickt.

»Das ist schon mal gut. Die müssen ja nicht wissen, dass ihr hier seid.« Ohne ein weiteres Wort führt er Frederike und Josh über den Flur in die Vorratskammer. »Hier seid ihr sicher. Haltet ja die Klappe da drin.«

Er schließt die Tür, der Schlüssel dreht sich. Augenblicklich ist es stockfinster, nur durch den Spalt unter der Tür dringt ein wenig Licht hinein. Josh und Frederike stehen dicht an dicht. In dem Kabuff muss man sich einfach näherkommen. Als Josh ihren Arm streift, spürt er eine Wölbung unter dem Stoff. »Was ist das?«

»Ach, nichts, nur ein Verband«, flüstert sie leise zurück. »Bin hingefallen.«

◎

»Hallo?«, hören sie Filinto sagen. »Hallo?«

Es folgt ein Klopfen. Noch mal, und lauter!

»Polizei! Wir stehen vor der Wohnungstür! Bitte öffnen Sie.«

Die Tür quietscht.

»Guten Tag«, sagt eine Männerstimme. Josh und Frederike können die Unterhaltung deutlich hören. Die Tür der Vorratskammer ist so dünn wie Papier.

»Sind Sie Filinto Alencar?«

Es folgt eine Pause. Vermutlich nickt Filinto.

»Sind Ihre Eltern daheim?«

»Nein«, sagt Filinto. »Meine Mutter ist im Himmel und Papa auf Takatuka.«

»Kommen Sie uns nicht auf die Tour. Sind Ihre Eltern daheim oder nicht?«

»Okay, okay. Vater ist in Rio und meine Mutter arbeiten. Sie arbeitet bei *Stollwerckpralinen.*«

»Dürfen wir mal hereinkommen?«

»Warum?«

»Weil wir gerne drei Worte mit Ihnen reden würden.«

Schweigen.

Frederikes Haar kitzelt Josh unter der Nase. Er drückt ihr einen flüchtigen Kuss aufs Haar, riecht Vanille.

Draußen ist eine längere Pause eingetreten.

»Sollen wir das wirklich im Flur besprechen?«

»Ich habe nichts zu verbergen.«

»Es geht um den gestrigen Ampelausfall.«

»Was habe ich damit zu tun? Das ist doch Sache der Stadt. Vielleicht sollten Sie besser wiederkommen, wenn meine Mutter zu Hause ist.«

»Ich bitte Sie in Ihrem Interesse, dass wir eintreten dürfen. Wir würden gerne schon mal mit Ihnen sprechen. Oder möchten Sie mit aufs Revier kommen?«

»Okay, okay.« Filinto klingt genervt.

Josh hört die Schritte der Beamten. Es sind anscheinend zwei Männer, denn eine zweite Stimme fragt: »Ist das dort Ihr Zimmer?«

»Ja«, sagt Filinto.

»Sie wissen, dass gestern hier im Bezirk sämtliche Ampelanlagen ausgefallen sind?«

»Ich war selbst draußen auf der Straße, als es passierte. Ich kann die Ampeln also nicht geschaltet haben, falls Sie darauf hinauswollen.«

»Haben Sie dafür Zeugen?«

»Ich war vorher auf dem Klo. Wollen Sie auch dafür Zeugen?«

»Antworten Sie.«

»Ja, ich hab Zeugen.«

Josh ist so langsam doch mulmig zumute. Wie kann Filinto nur so unfreundlich zu den Beamten sein? Er würde sich das nicht trauen. Das klingt nach Ärger. Auch Frederike wird spürbar unruhig. Hoffentlich nennt Filinto nicht doch ihre Namen.

»Da dürfen Sie nicht reingehen«, sagt Filinto. »Es ist mein Zimmer und das muss ich Ihnen nicht zeigen.«

»Sie hören wohl gerne Rammstein?«

Anscheinend hat der Polizist doch einen Blick in Filintos Zimmer geworfen.

»Was dagegen?«

»Wir hoffen, dass Sie nichts mit dem gestrigen Vorfall zu tun haben. So viele Hacker gibt es hier in der Gegend nicht.«

»Es könnte sich doch auch jemand aus Bolivien in den Rechner gehackt haben.«

»Vermutlich nicht.«

Pause.

Josh horcht angespannt, dann hört er erneut Filintos Stimme. »Aber Sie haben keinen dringenden Verdacht, dass ich es war? Sonst wären Sie ja mit Durchsuchungsbefehl gekommen.«

»Reine Routine.«

»Na ja … Ich kann kaum draußen sein und gleichzeitig das Ampelsystem hacken.«

Das klingt logisch. Und so bestimmt, wie sich Filintos Stimme anhört, würde Josh ihm anstelle der Beamten sofort glauben.

Es klingelt wieder.

Sybilles Stimme tönt durch die Gegensprechanlage.

»Gut, dass du kommst. Du kannst dich hier oben gleich mal mit zwei Polizisten unterhalten.«

Kurz darauf hört Josh wieder Sybilles Stimme, diesmal live und ohne Nebengeräusche.

»Guten Tag.«

»Sie sind …?«, fragt einer der Polizisten.

»… Sybille Kramer.«

»Kennen Sie Filinto Alencar näher?«

»Ein bisschen.«

»Sie war gestern mit mir unterwegs«, erklärt Filinto. »Sie können sie ja fragen, wo wir gewesen sind.«

Das kann nicht gut gehen. Josh ist Filintos Coolness nun endgültig unheimlich, seine Hände schwitzen und nur die Nähe zu Frederike beruhigt ihn. Alleine würde er in dieser Abstellkammer vor Angst vergehen. Aber wenn du dir einreden kannst, jemanden zu beschützen, verliert sich deine eigene Angst. Hoffentlich wacht Filintos Mutter nicht auf!

Wieder der Polizist: »Wo waren Sie gestern, als die Ampeln ausgefallen sind?«

»Sag ihnen ruhig die Wahrheit, Sybille.«

Josh stockt der Atem.

»Wir waren spazieren«, erzählt Sybille scheinbar gelassen. »Es war ein riesiges Chaos auf der Straße, weil die Ampeln ausgefallen sind. Später sind wir zum *Rewe* und danach zurück in die Wohnung. Warum wollen Sie das wissen?«

»Routine«, wiederholt der Polizist.

»Brauchen Sie noch die Personalien meiner Freundin?« Filinto klingt jetzt geradezu übertrieben zuvorkommend.

»Nicht nötig.«

Die Polizisten verabschieden sich.

»Was war das denn?«, fragt Sybille, als die Tür ins Schloss fällt. »Woher wissen die, dass du hackst?«

»Ein Kumpel ist mal hochgenommen worden und hat sämtliche Hacker in der Gegend verraten.«

»Hey, ihr beiden!« Josh klopft gegen die Tür. »Lasst uns gefälligst wieder raus!«

»Mach mal keinen Stress.« Filinto öffnet die Tür. »Obwohl, diese Typen haben mich total genervt.«

»Es ist ihr Job«, sagt Josh.

»Schon gut, schon gut, also – auf zur Lagebesprechung!«

◎

»Du warst echt cool«, sagt Filinto zu Sybille, als sie wieder in seinem Zimmer sind. »Für einen Moment hatte ich schon befürchtet, du würdest den Polizisten sagen, dass wir den Hack gemacht haben. Alle Achtung. Meine Sybille hat es drauf mit den Bullen.«

»Wie kommst du denn darauf, dass ich irgendwas erzählen könnte?«, lacht Sybille und als habe der Besuch der Polizei nie stattgefunden, fragt Frederike Josh auch schon: »So, was denkst du? Wie können wir …«

»Habt ihr ihm schon von unserem Plan erzählt?«, will Sybille wissen.

Sie wusste also auch schon Bescheid, denkt Josh.

Frederike bejaht. »Haben wir.« Dann wendet sie sich wieder an Josh. »Also, wie kommen wir in das Labor deiner Mutter?« Dabei schaut sie ihn mit ihren großen blauen Augen an und prompt ist er zu allem bereit. Josh weiß das und trotzdem kann er sich nicht dagegen wehren. Er will mit ihr zusammen sein, egal wie.

»Okay«, sagt er und denkt einen Moment nach. »Ich fahre jetzt ins Labor meiner Mutter und gucke erst einmal, wo der Erreger ist. Morgen wird dann Filinto einsteigen und das Zeug rausholen. Ist das ein Plan?«

»Morgen schon?«

»Ja, morgen! Das ist der beste Zeitpunkt. Die Mitarbeiter des Instituts werden morgen Abend alle in Düsseldorf bei der Preisverleihung für meine Mutter sein und ich auch. So schöpft keiner Verdacht.«

»Haben die Wachen im Labor?«, fragt Sybille.

»Noch keine gesehen«, meint Josh. »Aber ich weiß nicht genau. Ich werde jetzt jedenfalls zu meiner Mutter ins Labor fahren. Die wird sich wundern, wenn ich grad heute bei ihr im Labor auftauche. Schließlich bin ich heute von zu Hause abgehauen.«

»Klingt richtig gut«, sagt Filinto.

»Hätte ich mir selbst auch nicht zugetraut«, entgegnet Josh und lacht.

Sie hören, wie eine Tür im Flur aufgeht. Filintos Mutter ist aufgestanden. Sie schlurft ins Bad. Die Badezimmertür geht, der Schlüssel dreht sich.

»Was macht deine Mum eigentlich?«, will Josh wissen.

»Nachtschicht in der Pralinenfabrik.«

»Ist nicht dein Ernst! Ich dachte, du hättest die Polizisten eben verarscht!«

»Ich doch nicht!«

»Und dein Vater? Sind die beiden nicht mehr zusammen?«

»Frag Sybille.«

Josh schaut Sybille an.

»Das kannst du ihm ja wohl selbst erzählen, was mit deinem Vater ist.«

»Also, sag schon. Sind deine Eltern geschieden?«, hakt Josh weiter nach.

»Nicht offiziell. In Brasilien passiert es manchmal,

dass man auch verheiratet bleibt, wenn der Partner untreu ist.«

»Hier auch.«

»Aber nicht so oft. Glaub mir. Es geht nach ein paar Jahren nur noch um die Versorgung, nicht um die Liebe. Und Papa hat es hier in Deutschland mit Mama nicht mehr ausgehalten. Jetzt ist er grad in Rio wegen einer Konferenz von *Petrobras*.«

»Den Regenwald schützen?«

»Du bist echt gut! Papa fördert Erdöl für *Petrobras*. Das ist der größte Mineralölkonzern Brasiliens. Papa ist Geologe und Betriebswirt. Der schützt keinen Regenwald. Der sorgt höchstens dafür, dass er abgeholzt wird.«

»Oje.« Josh schüttelt den Kopf. »Wir riskieren hier Kopf und Kragen und dein Vater holzt den Regenwald ab und bohrt nach Öl. Das ist wirklich abgedreht.«

»Bin ich dafür verantwortlich, was er tut?«

»Nein, das mein ich nicht. Vergiss es einfach.«

Aber Filinto lässt nicht locker. »Er ist mein Vater«, erklärt er, »und ich kann es ihm nicht ausreden. Ich kann nur tun, was ich tun kann. Mein Vater ist mein Vater. Er will übrigens, dass ich auch nach Brasilien komme.«

»Und, fliegst du?«, fragt Frederike.

»Ich kenne ihn doch kaum«, sagt Filinto und blickt gleichgültig auf seinen Rechner, wo der Matrixspruch abläuft. »Manchmal kann ich mich an ihn erinnern, dann wieder nicht. Es ist, als ob mir ein paar Jahre meiner Kindheit mit ihm einfach fehlen.«

»Wie ein geträumter Vater ist er«, sagt Sybille und streicht ihm durch die Haare. »Das hat doch was.«

»Bin ich hier beim Therapeuten?«, unterbricht Filinto

sie barsch und hält ihre Hand fest. »Vergesst meinen Vater, Leute. Wir haben alle Besseres zu tun. Vor allem du, Josh!«

Der nickt und macht sich auf zur Bushaltestelle.

◎

Josh sieht durch die Scheiben des Instituts. Ein Aquarium, in dem weiße Fische ihre Tage verbringen. Es ist nach 21 Uhr, trotzdem arbeiten die Wissenschaftler noch. Überstundenfreaks.

Der Pförtner hockt im Glaskasten.

Sein Bart ist weiß. Selbst seine Augenbrauen haben was vom Coca-Cola-Santa-Claus. Dabei ist die Eingangshalle, die Josh gerade betritt, alles andere als weihnachtlich, eher eine Spielwiese für Botaniker. Und warm und schwül ist es hier auch. Palmen und Schlingpflanzen säumen einen leicht gewundenen Pfad und eine Holzbank steht zwischen zwei tropischen Sträuchern. Alles ist ein wenig angestaubt, der Klarlack auf den beigen Wänden stumpf. Fett von Fingern sammelt sich um die Lichtschalter. Hinter Josh geht die Tür langsam quietschend zu. Das Geräusch ist besser als jede Alarmanlage. Filinto wird nicht unbemerkt hier hineingelangen können, wenn er morgen einbricht.

Josh geht an der Pförtnerloge vorbei. Auf dem Minifernseher läuft *Two and a Half Men*. Widerwillig löst der Pförtner den Blick vom Bildschirm und sieht zu Josh hinüber.

»Willst du zu deiner Mutter?«

Eine weitere quietschende Glastür. Die Treppe dahinter führt hinauf zum oberen Stock. Seine Mutter arbeitet jedoch im Parterre. Er läuft durch hellgrün gestrichene nackte Flure. Schließlich steht er vor der Eisentür mit dem Glasfensterchen. Hier kommt nur weiter, wer die Chipkarte durch den Schlitz zieht. Links daneben ist die Klingel, weiß und dick wie ein Daumen.

BITTE KLINGELN!

Aus der Gegensprechanlage kommt kurz darauf eine Frauenstimme: »Who's there?«

Es ist immer eine andere Stimme. Da das Institut sparen muss und sich keinen weiteren Pförtner leisten kann, geht stets ein wissenschaftlicher Mitarbeiter an die Gegensprechanlage, der gerade in der Nähe ist. Diesmal ist es Jennifer Armbruster, Australierin, die ihm im nächsten Augenblick auch schon öffnet.

»Hi, Josh. Deine Mum ist hinten in BA8.«

Sie geht vor, zieht ihre Chipkarte, eine weitere Tür öffnet sich und schon sind sie im inneren Zirkel des Labors. Seine Mutter sitzt am Tisch. Vor ihr der Laptop. Joshs Blick fällt auf den Arbeitsbereich, wo man hinter einer Glasscheibe mit Gummihandschuhen hantiert. Alles ist weiß hier, trotzdem wirkt der Raum angegraut.

»Tag, Josh.«

»Ich muss mit dir reden, Mama.«

»Schlechtes Gewissen?«

Jennifer setzt sich mit an den Tisch, fragt, wie es Josh geht. Sie hat kein Gespür für die Situation. In ihrem Job braucht sie es nicht. Mit Bakterienkolonien muss man sich in der Regel nicht unterhalten.

Als Josh nicht antwortet, nickt seine Mutter Jennifer zu. »Wir sehen uns später. Du kannst schon mal die Versuchsreihe in C8 beenden.« Und an Josh gewandt: »Eine Sekunde noch!«

Jennifer geht, ist weder eingeschnappt noch freundlich. Josh checkt den Raum wie ein Bankräuber, der die Örtlichkeiten inspiziert. Fenster verschlossen. Klimaanlage. Verdammt! Er hatte gehofft, er könnte einfach ein Fenster klappen, damit Filinto von außen direkt einsteigen kann. Neben der Tür steht ein Schrank mit großen gläsernen Scheiben. Darin sind Glaskolben, Schalen, zwei Mikroskope, leere Petrischalen. Zwischen Schrank und Wand ist ein Freiraum.

Seine Mutter klappt den Laptop zu und schaut ihn eindringlich an. »Nun zu dir ... Was war denn bitte da los zwischen dir und Papa?« Trotz der strengen Worte hat seine Mutter große, sanfte Augen. »Du hättest ja ruhig in deinem Zimmer auf mich warten können.«

»Papa hat mich in mein Zimmer eingesperrt. Ich bin doch keine drei Jahre mehr alt.«

»Als du drei warst, war das auch nicht nötig. Da warst du vernünftiger.«

Josh schweigt dazu. Es ist kein guter Zeitpunkt, auf sein Recht zu pochen.

»Du solltest mit Schubert reden.«

»Ich weiß.«

»Dann tu es endlich.« Ihr Blick lastet schwer auf ihm.

»Tu ich, versprochen. Wirklich, Mama.«

»Kommst du eigentlich morgen mit nach Düsseldorf zur Preisverleihung?«

»Natürlich«, sagt er.

»Ich dachte schon, es sei dir zu langweilig.«

»Ich kann dich ja nicht alleine der Langeweile überlassen.« Er sagt es mit einem kleinen Lächeln und endlich lächelt auch seine Mutter.

»Ich kann dich besser verstehen, als du denkst, Josh. Ich wollte früher auch manchmal ausbrechen.«

»Und heute?«

Sie schüttelt den Kopf und lächelt. »Nein. Dafür ist mir die Arbeit hier zu wichtig.«

»Ist der MCKL-Erreger wirklich so gefährlich?«

»Nicht, wenn man vorsichtig damit hantiert.«

»Wo bewahrt ihr den Erreger denn auf?«

Der Blick seiner Mutter wandert zu einem Schrank, der ebenso hoch wie breit ist. »Dort drin.«

Zum ersten Mal interessiert sich Josh für ihre Arbeit. Und das nur, weil er sie bestehlen will. Er fühlt sich einen Moment lang unglaublich mies. Dann stellt er sich vor, was sie mithilfe des MCKL alles einfordern und bewirken können. Es ist richtig, was er tut, sagt er sich, versucht so, die aufkommende Panik wegzudrücken, und konzentriert sich wieder auf das Zimmer. Der Stahlschrank ist hautfarben angepinselt und hat ein richtiges Schloss für einen richtig fetten Schlüssel. Der muss sich auch am Schlüsselbund seiner Mutter befinden.

»Wir fahren gleich zusammen nach Hause, Josh. Warte hier. Ich komme sofort wieder zurück. Muss noch mal zu Jennifer rüber.«

Sie lässt die Tür offen stehen, Josh steht auf, zieht sie von innen zu und schaut auf den Stahlschrank. »Sofort wieder zurück!«, hat sie gesagt. So ein »Sofort« kann bei seiner Mutter lange dauern. Vermutlich muss sie sich noch mit den Testreihen von dieser Jennifer Armbruster beschäftigen.

Josh drückt die Klinke des Giftschranks runter.

Er ist offen!

Gläschen mit Flüssigkeiten stehen darin – mindestens 100 Stück. Einige sind mit der Hand beschriftet, andere mit dem Drucker etikettiert.

Wo sind die Fläschchen mit dem MCKL?

Er schiebt die vordere Reihe nach hinten.

»Ganz ruhig«, redet er sich selbst gut zu. »Ganz ruhig, Josh. Deine Mutter kommt noch nicht.« Er schaut immer wieder kontrollierend zur Tür. Flache runde Scheiben liegen in der zweiten Reihe hinter den Fläschchen. Petrischalen. In der Nährlösung, die in den Schälchen ist, haben sich längliche Kulturen gebildet.

Da! *MCKL* steht auf einer der Schalen. Der Erreger wird nicht in Flaschen aufbewahrt, sondern in Petrischälchen. Josh könnte sich einfach eine nehmen. Aber wohin damit? In die Hosentasche stecken und damit herumrennen? Wenn auch nur ein Tropfen davon auf seine Hände kommt, ist er infiziert.

Sein Handy klingelt.

Josh zuckt zusammen, wirft automatisch den Stahlschrank zu.

»Du Idiot!«, faucht er sich selbst an.

Chris, steht auf dem Display. Vor lauter Hektik geht er ran, statt ihn gleich wegzudrücken.

»Was willst du?«

»Na, was wohl?«, knurrt Chris. »Wieso klebt ihr in letzter Zeit immer zusammen, du und Frederike?« Chris redet und redet, und Josh versucht, die Tür des Giftschranks wieder zu öffnen. Sie ist fest zugeschnappt. Verdammt! Ohne Schlüssel kommt er da nicht mehr dran. Er war so dicht davor und nun hockt er auf dem Boden vor dem Schrank und hört sich Chris' Geschwätz an.

»Josh!«

Er blickt erschrocken auf.

»Was machst du da?«

Er hat seine Mutter gar nicht kommen gehört!

Sie zupft an ihrer dünnen Strickjacke. »Wir können gehen, falls du dich erheben möchtest.«

Er nickt ihr kurz zu und sagt zu Chris: »Also, ruf sie an und frag sie selbst, was läuft.«

»Aber …«

»Ich muss jetzt.«

Er legt auf.

»War das dein neuer Bekannter?«, fragt seine Mutter.

»Nein, eine alte Freundin«, lügt Josh.

»Du hast alte Freundinnen?«

»Müssen wir das jetzt besprechen?« Josh ist völlig durcheinander. Als sie das Labor verlassen, fragt er seine Mutter: »Würdest du eigentlich alles dafür tun, damit endlich die AKW in Europa abgeschaltet werden?«

»Was ist das denn für eine Frage?«

»Ihr habt doch früher auch Sachen gemacht, die nicht ganz legal waren.«

»Na klar, die Polizei hat deinen Vater mal von einem Baum herunterholen müssen, als wir gegen die Startbahn West am Frankfurter Flughafen demonstriert haben. Papa hatte sich mit Handschellen am Stamm festgebunden. Am Ende haben sie den Baum mitsamt Papa abgesägt.«

»Und eure Eltern? Was haben die gesagt?«

»Papas Eltern gehörten selbst zu den Gründern der Grünen in Köln. Sie waren nicht gerade staatstreu und haben sich regelmäßig in Amsterdam zugekifft.«

»Hätte ich Oma gar nicht zugetraut.« Er lacht, als er

sich das vorstellt. Schließlich ist sie heute eher streng auf CDU-Linie. »Gegen Atomkraft habt ihr doch auch demonstriert?«

»Und gegen Tierversuche. *Selbst im kleinsten Pelzkragen – hat einmal ein Herz geschlagen!*«, zitiert seine Mutter wie aus der Pistole geschossen. »Aber ...«, unterbricht sie sich selbst, »... jetzt lass uns gehen. Ich habe die Rede für morgen noch nicht geschrieben.« Sie sieht ihn lächelnd an, als wolle sie ihm durchs Haar wuscheln, lässt es dann aber zum Glück bleiben. Die beiden verlassen das Büro. Innerhalb des Sicherheitsbereichs werden die Türen nicht abgeschlossen, nur zugezogen. Wer hier mit der Chipkarte hineingelangt, der gehört ohnehin zum inneren Zirkel um Joshs Mutter.

Nachdem sie die Eisentür hinter sich haben, erklärt Josh auf dem dahinterliegenden Flur: »Ich muss zur Toilette.«

»Ich warte schon mal vorn beim Pförtner.«

Darauf hat Josh gehofft. Kaum ist sie hinter der Flurbiegung verschwunden, legt er an einem der Fenster den Hebel um. Filinto kann es morgen von außen leicht aufstoßen, falls nicht irgendwer das Fenster wieder verschließt. So kann sich Filinto den Weg vorbei am Pförtner sparen. Und von hier aus kommt er mit der Chipkarte ohne Probleme in den abgesperrten Sektor. Also muss Josh seiner Mutter irgendwie noch die Chipkarte und den Schlüssel abnehmen. Denn wer weiß, ob der Sicherheitsdienst das Fenster wirklich übersieht. Und den Schlüssel zum Giftschrank braucht Filinto auf jeden Fall.

DIE MAIL

Es ist schon Abend, aber immer noch taghell. Joshs Vater trägt nie Krawatte, aber heute schon, rot-schwarz kariert. Josh putzt selten seine Schuhe, aber heute schon, er poliert sie sogar. Schwarzer Lack. Am Ende sehen er und sein Vater geleckt aus wie Pinguine. Die beiden reden wenig. Josh ist die ersten beiden Stunden in der Schule gewesen, hat kein Wort mit Frederike, keines mit Sybille gewechselt, sich möglichst unauffällig verhalten, als wolle er nicht da sein, sich wegradieren aus der Schule. Doch bei Schubert hat er sich nicht entschuldigt.

Er geht schräg hinter seinem Vater zur Bushaltestelle, die Rotbuchen rascheln im Wind. Als seine Mutter heute Morgen den Schlüsselbund nicht finden konnte, hat sie einen Riesenaufstand gemacht und ist erst in letzter Sekunde zu ihrem Wagen gerast. Die Chipkarte hatte Josh da schon wieder an ihren Platz gesteckt. Falls Filinto heute im Institut erwischt wird, ist es aus. Dann marschiert er direkt ab ins Jugendgefängnis. Es rumort in Joshs Därmen. Ob sein Vater diesen Aufstand hört? Er dröhnt in Joshs Bewusstsein. Der Magen ist dein Radar für Gut und Böse, er erinnert dich an deine Fehler.

Im Bus liest Joshs Vater Verwaltungsvorlagen und auch später im Zug wechseln sie kein Wort. Sie erreichen die Rheinuferpromenade in Düsseldorf.

Den Verkehr hat man dort unter die Erde gelegt. Auf

dem Rhein tuckern die Kähne in den Sonnenuntergang. Josh würde sich am liebsten auch in einem Autotunnel verstecken. Öde Reden, klassische Musik stehen ihm bevor. Händel und Mozart sind beliebt bei Mikrobiologen. Und Filinto bricht ins Labor ein. Hoffentlich ist das Fenster im Flur noch offen. Hoffentlich passt Filinto auf, falls er doch am Pförtner vorbeimuss. Josh hört die Tür quietschen. Wer weiß, ob dieser Nikolaus nicht eine Knarre im Schreibtisch hat.

»Woran denkst du?«

Josh schaut seinen Vater erstaunt an. »An nichts«, antwortet er.

»Dann mach dabei bitte ein freundlicheres Gesicht.«

Die beiden betreten das mächtige Backsteingebäude und folgen den Schildern hinauf in den zweiten Stock. Der Festsaal ist klimatisiert und groß und hoch wie eine Kirche.

Sogar das Fernsehen ist da. Ein Typ mit einer Kamera und zwei, die Journalisten sein könnten oder Kabelträger.

Josh erkennt einige Gesichter. Es sind Kollegen seiner Mutter. Jennifer nickt ihm zu, er nickt zurück.

»Hier, unsere Stühle«, sagt sein Vater.

Sie setzen sich in die erste Reihe und nehmen die grünen Zettelchen mit ihren Namen von den Sitzplätzen. Mamas Zettelchen bleibt liegen, ihr Platz zwischen ihnen beiden ist noch leer.

Josh stellt sich vor, wie Filinto mit einer schwarzen Sturmhaube auf dem Kopf gerade durchs Fenster steigt.

◎

Er täuscht sich.

Filinto trägt keine Sturmhaube, sondern setzt gerade eine Vogelmaske mit bunten Federn auf – rot, gelb, blau wie ein Papagei. Sie stammt vom Karneval in Rio.

Und Filinto ist nicht alleine!

Auch Frederike trägt so eine Vogelmaske. Sie huschen halb geduckt über den Hof des Chemischen Instituts. Es ist immer noch hell. Filinto läuft vor, Frederike dicht hinter ihm. Sie klettern über einen hüfthohen Zaun und stehen schließlich etwas außer Puste vor dem Fenster, das Josh Filinto beschrieben hat. Zwei Paradiesvögel, die sich vorsichtig gegen die Scheibe drücken.

Es ist Punkt 20 Uhr. Das Fenster schwingt auf. Den Schlüssel zum Institut kann Filinto getrost in seiner Jackentasche stecken lassen. Er springt von der Fensterbank in den Flur und hilft Frederike hinauf. Ihre Masken berühren sich fast.

◎

Im selben Moment setzt sich Joshs Mutter zwischen Josh und seinen Vater. Sie gibt erst ihrem Sohn einen Kuss, dann ihrem Mann.

◎

»Beeil dich«, zischt Filinto, 38 Kilometer von Josh entfernt, Frederike zu. Ein solcher Einbruch ist eigentlich nicht Filintos Ding. Er ist kein Hacker geworden, um Fenster einzudrücken und sich einzuschleichen. Hacken ist wie ein Videogame, das hier ist Handarbeit. Er schwitzt unter seiner Vogelmaske und in seinem schwarzen Mantel. Aber er gibt sich locker. »Die Maske steht dir, Frederike. Wir Brasilianer mögen Papageien. Sie sind unser Nationaltier.«

»Red keinen Blödsinn. Ich bin mitgekommen, um dir zu helfen, und nicht, weil ich was über Papageien lernen will. Also guck in den Flur. Kommt wer?«

»Alles sauber, Commandante.«

»Okay.«

Kein Mensch zu sehen.

»Los! Wir können«, sagt Frederike zu Filinto.

Der geht vor, den Flur entlang. Sie folgt ihm vorsichtig. Ihre blonden Haare umrahmen die Vogelmaske. Filinto hatte im Netz einen Grundriss des Gebäudes gefunden. Nun schaut er auf das Display seines Handys und folgt dem Weg, der sie zum Labor führt.

Was sie nicht wissen können: Vorn in der Pförtnerloge läuft zwar der Fernseher, aber Ralph Schreiber sitzt nicht dort, sondern auf der Toilette, steht soeben auf, wäscht sich ausführlich die Hände und drückt den Griff der Toilettentür herunter. Die Toilette liegt auf dem Weg zum Labor von Joshs Mutter.

»Hörst du das? Klingt wie Wasser, das rauscht.«

Frederike nickt. »Ich hab dir doch gesagt, du sollst die Pläne vom Wachdienst checken.«

»Hab ich ja. Da stand, dass der Wachmann erst um 22.05 Uhr seinen ersten Rundgang macht.«

»Dann beruhige dich, Filinto.«

»Ich bin ruhig.«

»Das ist schön«, sagt sie ironisch.

Schreiber schaut auf die Uhr. Es ist 20.05 Uhr. Um

20.15 Uhr kommt seine Lieblingsserie *Breaking Bad*, die davon erzählt, wie aus einem ganz normalen Chemielehrer ein Verbrecher wird.

Er geht zur Tür des Waschraums und verlässt ihn. Filinto und Frederike sind gerade um die Ecke gebogen. Schreiber hört noch ihre Stimmen in der Ferne und wundert sich kurz, dass nicht alle Institutsmitarbeiter in Düsseldorf sind. Sicher einer der Wissenschaftler, der die Stellung hält, während sich die Führung feiern lässt. Die unteren Ränge müssen immer arbeiten, genau wie Schreiber selbst, denkt Schreiber. Leute wie er und dieser Chemielehrer können eben nur durch ein Verbrechen nach oben kommen.

◎

Der erste Redner lobt und preist Joshs Mutter gefühltermaßen seit Stunden. In zahlreichen Instituten des Landes würde seit Jahren nach einem Mittel gegen die unheilvollen Auswirkungen des MCKL-Erregers geforscht, nun sei dem Team um Rose Fischer der Durchbruch gelungen. Pharmariesen würden bald Schlange stehen. Laber, laber. Auch ihre privaten Aktivitäten seien mehr als erwähnenswert. So habe sie mit ihrem Mann den Verein *Energy Islands* gegründet. Dem sei es zu verdanken, dass 800 Dörfer im Kongo nun durch eigene Solaranlagen zu eigenen Energieversorgern geworden seien. Allgemeiner Applaus folgt und Josh spürt regelrecht den Stolz seines Vaters über ihre Erfolge in Afrika. Und auch Josh ist für einen Moment stolz darauf.

◎

Filinto ist mit der kopierten Chipkarte von Joshs Mutter ins Herz des Instituts eingedrungen, in die Bakterienwelt der Rose Fischer. Filintos Puls wird schneller. Hoffentlich merkt Frederike nichts. Seine Lungen pumpen gegen die aufsteigende Nervosität an, er atmet durch und betritt äußerlich ruhig den Raum mit dem Giftschrank. Alles ist so, wie Josh es beschrieben hat. Einer der Schlüssel von Rose Fischers Bund passt.

◎

Joshs Mutter betritt das Rednerpult.

Sie wird Josh dafür hassen, was gerade in ihrem Labor geschieht. Er hintergeht sie!

Sie bedankt sich. »Aber keine Sorge«, versichert sie dem Publikum lächelnd, »das Preisgeld von 175000 Euro kommt nicht etwa in unsere Familienkasse, sondern dem Institut zugute. Es kehrt sofort zurück in die Forschung, wo es gut aufgehoben ist, denn mein Team …«

Josh schaut bedrückt zu seiner Mutter hinauf.

◎

Der Giftschrank ist offen.

»Da vorn«, sagt Frederike. Sie zeigt auf eine der Schalen mit der Aufschrift *MCKL*.

Filinto zieht eine mit Watte ausgelegte handgroße Kunststoffschachtel aus der Manteltasche und lässt die dicht verschlossene Petrischale darin verschwinden.

»Das hätten wir«, sagt er und schaut sich um. Dann tritt er näher an Frederike heran und lächelt.

»Was ist los mit dir?«

Er schiebt ihre Maske ein wenig nach oben, legt ihr seinen Zeigefinger auf die Lippen. »Psssst …« Dann nimmt er langsam seinen Finger herunter. »Du bist echt cool, Frederike.«

»Wir sollten jetzt gehen«, sagt sie kurz angebunden und geht zur Tür.

Er grinst und folgt ihr.

Bald sind sie wieder an jenem Fenster, durch das sie vor knapp fünfundzwanzig Minuten eingestiegen sind.

Auftrag ausgeführt!

◎

Sie klettern durch das Fenster hinaus, dabei stößt Frederike mit der Schulter an den Rahmen und zuckt zusammen. Es schmerzt höllisch.

»Was hast du?«

»Das Tattoo. Ich bin dagegengestoßen.«

»Das weiße Kaninchen beißt?«

»Haha. Sehr witzig. Es tut wirklich weh.«

»Beiß einfach die Zähne zusammen«, sagt Filinto.

Sie beeilen sich, denn sie müssen bei Josh sein, bevor er und seine Eltern zurück sind. Wieder laufen sie halb geduckt über den Hof des Chemischen Instituts, gehen vorne am Institut für Mikrobiologie vorbei, sehen durch die Glasscheibe den Pförtner in seiner Nische TV gucken und nehmen sich zwei Straßen weiter ein Taxi.

◎

Im Taxi ist es kühl. Der Fahrer begutachtet die Jugendlichen auf dem Rücksitz, als sei er skeptisch, ob sie auch tatsächlich zahlen können.

Als Filinto ihn über den Rückspiegel anschaut, blickt er wieder nach vorn auf die Straße.

»Okay.« Filinto legt seine Hand auf Frederikes Bein und flüstert ihr ins Ohr: »Hättest du Lust, auch das nächste Schreiben von *Wake up!* zu verfassen?« Er lächelt, dann sagt er lauter: »Ist nicht so meine Stärke, weißt du?«

»Ja, ja«, sie lächelt zurück, »der Gedanke kam mir auch schon ...«

»Was bitte soll denn das jetzt heißen?«, fragt er und knufft sie scheinbar zutiefst beleidigt in die Seite.

Frederike grinst provozierend.

Sie necken sich, mehr nicht. Sie hat den ganzen Tag schon mit Filinto verbracht, sogar im Tattoo-Studio sind sie gemeinsam gewesen. Noch nie war Frederike in so einem Laden. Es war ...

»Warst du eigentlich so richtig in Chris verliebt?« Filinto reißt sie aus ihren Gedanken.

»Wie kommst du jetzt auf Chris?«

»Ich mein ja nur. Sybille hat mir von ihm erzählt. Scheint ja ein ganz guter Typ zu sein.«

»Sportler mit Hang zum Partymachen.«

»Also untreu?«

»Weiß nicht.«

»Tut das Tattoo wirklich noch weh?«

»Nur, wenn ich drankomme.«

»Das ist normal, dass es sich ein bisschen entzündet. Solang es nicht richtig schmerzhaft wird, ist alles im grünen Bereich. Mach dir keine Sorgen.«

Der Fahrer bremst. »Wir sind da, Kantstraße, Gebäude 31 b«, sagt er und Filinto steigt aus. »Also, dann mal bis morgen früh. Schlaf gut.«

◎

Frederike bleibt im Taxi sitzen. Sie lässt das Fenster runter, schaut Filinto hinterher, wie er in seinem Ledermantel und mit den gefährlichen Bakterien in der Tasche bei Rot über die Straße läuft. Sie wird nicht schlau aus ihm. Mal ist er eiskalt, ein emotionsloser Profihacker, der alles besser weiß und an den keiner rankommt, dann wieder … Ach, was soll's. Hauptsache, die ganze Sache mit dem MCKL geht nicht doch noch schief. Das Kaninchen-Tattoo an ihrem Arm brennt wieder stärker. Sie hat Angst davor, den Verband abzunehmen. Die im Studio haben gesagt, er solle nach ungefähr 12 Stunden runter. »Lass sie quatschen«, hatte ihr Filinto gesagt. »Das sind keine wirklichen Spezialisten. Lass den Verband noch eine Weile drauf. Die machen das nur nebenbei, ansonsten stehen die auf Rechner, genau wie ich. Was glaubst du, warum wir hier im Keller sitzen und in keinem normalen Tattoo-Studio?«

»Wie meinst du das?«

»Ich sag dir jedenfalls, dass es besser ist, die Folie und den Verband drauf zu lassen. Glaub mir. Das Weiß des Kaninchens wird umso intensiver. Und es schadet null.«

Das Tattoo-Studio war Frederike von Anfang an nicht geheuer. Die Frau, die ihr das Kaninchen gestochen hat, sah aus, als wäre sie auf Drogen. Wäre da nicht Filinto gewesen, hätte sie das nicht durchgestanden.

Der Taxifahrer gibt Gas und fährt der untergehenden

Sonne entgegen. Zwanzig Minuten später öffnet Frederike vorsichtig die Tür zum Haus von Joshs Eltern.

Niemand hat sie gesehen, niemand ist zu Hause. Jetzt muss sie nur noch den Schlüssel loswerden.

◎

Je kleiner der Verein ist und je unbedeutender das Turnier, desto größer sind die Pokale. So sagt man. Die Auszeichnung für den hoch dotierten Robert-Hooke-Preis passt auf ein DIN-A5-Blatt – und ist bedeutend.

Joshs Mutter ist die Einzige ohne Redeskript. Sie spricht über die ersten Schritte im Kampf gegen den gefährlichen Erreger MCKL, der sich in der Lunge festsetzt und nach wenigen Tagen zu einer Embolie führen kann. Es sei wie ein Boxkampf. Sie und ihre Mannschaft stehen im Ring und hätten den Gegner genau vor Augen: MCKL. Dieser sei jedoch klein und schwer zu treffen, sei wendig und schnell auf den Beinen, immer wieder zu einer Mutation bereit.

◎

Frederike betritt die Küche. Wo soll sie den Schlüssel hinlegen? Irgendwo in der Küche, hatte Filinto gesagt. Damit Joshs Mutter denkt, sie hätte ihn versehentlich dorthin getan. Auf die Spüle vielleicht?

Kurz darauf verlässt sie wieder das Haus, ohne einen Fingerabdruck zu hinterlassen, und schickt Filinto eine SMS: *Das Huhn hat sein Ei gelegt ☺*

Filinto lächelt, als er die Nachricht empfängt – und

schickt Sybille und Josh sofort eine SMS mit gleichem Wortlaut: *Das Huhn hat sein Ei gelegt ☺*

◎

Josh wird heiß, als er die SMS liest. Er schaut hinauf zum Rednerpult. Zumindest haben sie Filinto nicht erwischt.

◎

Es ist Mitternacht, als Josh und seine Eltern zurück in der Grünen Lunge sind. Obwohl Joshs Vater leicht beschwipst ist, ist er gefahren und öffnet nun die Haustür.

»Willst du noch einen Tee mit uns trinken?«, fragt er.

»Warum nicht?« Josh setzt sich neben seine Mutter. Die strahlt vor Zufriedenheit.

Sein Vater nimmt drei Tassen aus dem Schrank und setzt das Wasser auf, geht zum Besteckkasten und holt die Teelöffel hervor. Josh stutzt. Warum findet er den Schlüssel nicht darin? Als sie die Aktion geplant haben, hatte Josh Filinto doch gesagt, dass er den Schlüssel in den Besteckkasten legen soll, wenn er aus dem Institut raus ist. Verdammt! War er noch gar nicht hier?

Josh stutzt und lässt den Blick unauffällig umherschweifen. Nein, das kann nicht sein … Der Schlüsselbund liegt auf der Spüle. Das ist doch viel zu auffällig! Nach der ganzen Sucherei heute Morgen wird seine Mutter doch keine Sekunde lang glauben, dass sie ihn an so einer Stelle übersehen hat … Oder doch?

»Das darf doch nicht wahr sein! Sieh dir das an, Rose! Da liegt ja dein Schlüsselbund. Du warst heute wohl völlig durch den Wind.« Sein Vater greift nach dem klimpernden Schlüsselbund. Das Metall kratzt ein wenig über die Spüle.

Alles bestens eigentlich, sein Vater zumindest findet das ganz normal. Trotzdem. Aus irgendeinem Grund regt Josh sich furchtbar auf. Warum hat Filinto sich nicht einmal an diese eine einfache Vereinbarung halten können?

»Ich hätte schwören können, dass nichts auf der Spüle lag, bevor wir gefahren sind«, sagt Joshs Mutter verwundert und will nach dem Schlüssel greifen. Doch Joshs Vater lässt ihn wieder auf die Spüle fallen, nimmt Rose stattdessen in den Arm und drückt ihr einen Kuss auf den Mund. Dann schenkt er den Tee ein – schwarz und mit einem Blatt Minze, das sich im Tee krümmt.

Joshs Eltern sehen sich verliebt an und er fühlt sich plötzlich überflüssig.

»Morgen hab ich Politik«, sagt er. »Ich muss ins Bett.«

»Denk daran, was wir besprochen haben«, sagt seine Mutter. »Du hast es in der Hand, Josh, Schubert ist deine Chance. Red mit ihm.«

Josh nickt. Wenn seine Eltern wüssten, was heute Abend passiert ist, dann … Er geht die Treppe hinauf zu seinem Zimmer. Die Stufen knarren wie eh und je. Der vertraute Ton beruhigt. Joshs Welt gerät aus den Fugen, aber hier im Haus bleibt alles, wie es war. Der Tee, die Stimmen, selbst das Knarren der Stufen.

Er schmeißt sich aufs Bett.

◎

Josh schreckt hoch.

Wie spät ist es? Das Display zeigt 3.11 Uhr.

Er ruft Frederike an.

»Josh?!!«

»Schläfst du?«

»Jetzt nicht mehr. Was willst du denn?«

»Es ist alles glatt gelaufen.«

»Das weiß ich«, sagt sie. »Ich habe auch die SMS von Filinto bekommen. Aber darf ich jetzt bitte weiterschlafen?« Dass sie selbst spontan bei der Aktion dabei war, bindet sie Josh lieber nicht auf die Nase. Der ist sowieso schon die ganze Zeit eifersüchtig.

»Ich vermisse dich«, erklärt Josh verlegen. »Ich bin froh, dass wir so einen Hacker wie Filinto gefunden haben. Aber ... du hängst nur noch mit ihm rum.«

»Ist doch gar nicht wahr«, lügt sie. Frederike mag Josh wirklich, aber Filinto ... Er ist älter, das ist einfach etwas anderes, eine andere Liga.

»Bist du nervös wegen unserer Aktion?«, fragt Josh.

»Geht so.« Das ist wahr. Frederike ist mit so viel anderem beschäftigt, sie kommt gar nicht dazu, sich allzu viel Sorgen zu machen. »Und du?«, fragt sie zurück.

»Na ja, es ist das Labor meiner Mutter und ich hoffe nur, dass sie nicht doch noch was rauskriegt. Hier ist heute Abend nämlich nicht alles so glatt gelaufen.«

»Wie meinst du das?«, fragt Frederike erschrocken. Sie hat den Schlüssel doch gut sichtbar auf die Spüle gelegt!

»Filinto sollte den Schlüsselbund im Besteckkasten deponieren. Und wo lag das Ding?«

»Na?«

»Auf der Spüle. Als würde meine Mutter den Schlüssel auf der Spüle vergessen.«

»Und?«

»Nichts und. Meine Eltern haben sich darüber gewundert, aber dann haben sie sich geküsst.«

Frederike atmet erleichtert aus. »Dann ist ja alles okay.«

»Aber warum macht Filinto so einen Mist?«

»Was weiß ich? Ihr müsst euch missverstanden haben. Und jetzt würde ich gerne ein bisschen schlafen.«

DIE ERPRESSUNG

»Wo ist das Zeug von meiner Mutter?« Josh sieht Filinto erwartungsvoll an.

»Noch in der Schachtel.«

»Mach es nicht so spannend. Zeig es mir, bitte.«

Filinto öffnet ein Schubfach seines Schreibtischs und holt die knallrote Kunststoffbox mit der Petrischale heraus. Die vier setzen sich um den Couchtisch, auf den Filinto jetzt vorsichtig die durchsichtige Petrischale stellt. Darin schwimmen die Bakterienkulturen wie bunte Tinkturen in einer durchsichtigen Nährflüssigkeit.

Sybille tippt das Schälchen leicht an. Die Flüssigkeit bewegt sich nicht.

»Muss das sein?«, fährt Frederike ihre Freundin barsch an. Sybille zuckt sofort zurück.

»Hey, ist doch nichts passiert«, sagt Filinto beschwichtigend und fragt Josh: »Wie lange hält eigentlich die Nährflüssigkeit?«

»Weiß nicht.«

»Wir sollten es herausfinden, ehe unser Erreger nichts mehr zu beißen hat. Was ist das überhaupt für eine Substanz?«

Auch das weiß Josh nicht. Für ihn ist die Welt trotz der Nähe zum Erreger in Ordnung, denn Frederike sitzt im Handschuh neben ihm. Dopamin, Oxytocin, Adrenalin. Sämtliche Moleküle, Hormone, Botenstoffe, die irgendwie mit Liebe in Verbindung stehen, sind in Bewegung.

Er schaltet sein Pad an.

Tippt: Nährflüssigkeit Petrischale.

887 Treffer.

Josh liest: »Nährböden herstellen – Pilzzucht. Herstellen von Nährböden. ... Bla, bla, bla ... Befruchtung und Embryotransfer – Die Eizellen und Samenzellen werden dann für 24 Stunden in einer Petrischale mit Nährflüssigkeit kultiviert. Am Morgen nach der Eizellen-Entnahme wird im ...«

Filinto unterbricht ihn: »Ich will nicht wissen, wie eine künstliche Befruchtung abläuft, sondern wie lang es dauert, bis sich unsere kleinen Erreger gegenseitig auffressen!«

Doch Sybille winkt ab. »Lass gut sein. Wir sollten unsere Aktion ohnehin möglichst schnell durchziehen.«

»Ich hätte eine Idee ...«, setzt Josh an, bevor er sich selbst unterbricht und Frederike irritiert von der Seite ansieht. Irgendetwas ist anders an ihr als sonst. Aber was? Ihre Haare! »Wo ist eigentlich dein Haargummi, das du sonst immer trägst?«

»Was meinst du?«

»Na, den Totenkopf.«

»Hab ihn wohl verloren«, sagt sie achselzuckend. »Aber egal, der war sowieso von Chris.«

»Chris hat dir ein Totenkopfhaargummi geschenkt?«

»Das hässliche Ding war teuer.«

Sybille starrt die beiden an. »Hört mal, ihr zwei«, unterbricht sie Frederike. »Das ist ja alles total spannend. Haargummis und so. Aber vielleicht können wir so langsam doch mal wieder über andere Dinge reden? Tödliche Erreger zum Beispiel.«

»Okay, okay.« Josh hebt beschwichtigend die Hände. »Also«, schlägt er vor, »wir wollen doch, dass die nicht nur bei uns, sondern vor allem in Frankreich die AKW abschalten.«

»Komm zur Sache«, ermahnt ihn Sybille und redet einfach weiter. »Wir haben das Zeug geklaut, damit die tun, was wir wollen, sonst verseuchen wir ihr Trinkwasser.«

»UNSER Trinkwasser«, bemerkt Frederike.

»Jedenfalls scheucht sie das garantiert auf. Überlegt mal, was es bei diesem EHEC-Erreger für eine Panik gab. Und das Zeug hier« –, sie tippt mit ihrem Fingernagel wieder aufs Schälchen –, »ist viel schlimmer. Das hast du doch gesagt, Josh.« Der schaut jetzt gebannt auf Sybilles Finger, denn ihr Nagelbett ist total zerkaut.

Trotz Frederikes Nähe ist ihm plötzlich nicht mehr wohl bei dem Gedanken, dass sie nun mit dem Erreger etwas unternehmen werden.

Das Zeug ist zu giftig.

»Hey, Josh, träumst du?«

»Ich denk nur nach. Klar ist der Erreger gefährlich. Das ist eine biologische Bombe.«

»Denn Wasser ist überall«, sagt Frederike. »Das kommt nicht nur aus der Leitung, es wird fürs Bier genauso gebraucht wie fürs Waschen von Gemüse. Überall würde der Erreger sein. Wir könnten es dann auch nicht mehr stoppen.«

Die vier schauen auf das Schälchen und schweigen.

»Meine Mutter sagt, dass er sich rasend schnell verbreitet«, wiederholt Josh noch einmal, was sie alle vier denken. »Wenn irgendetwas schiefgeht, sind wir alle geliefert.«

»Ehe ihr euch hier alle noch in die Hose macht, sollten wir erst mal den Erpresserbrief aufsetzen«, meint Filinto.

Kurz darauf sitzt Frederike am Rechner und tippt:

Wir fordern die Bundesregierung auf, die AKW innerhalb eines Monats abzuschalten und die Regierungen Europas dazu zu drängen, aus der Atomenergie auszusteigen und auf regenerative Energien zu setzen. Keine AKW und keine Kohlekraftwerke mehr. Falls unsere Forderungen nicht erfüllt werden, wird WAKE UP das Trinkwasser mit dem Erreger MCKL verseuchen. Wir erwarten eine Zusage der Regierung in den Hauptnachrichten um 20 Uhr.
gez. WAKE UP
(zwei uu in nuur in letzter Botschaft)

»Das klingt groß«, sagt Filinto.

»Vielleicht eine Nummer zu groß?«, fragt Frederike.

Filinto steht hinter ihr am Stuhl. »Lass es so. Am Ende sind es bloß Buchstaben auf dem Papier oder bei uns Zeichen auf einem Bildschirm.«

Josh sieht ihn von der Seite an. Für Filinto scheint es immer noch ein Spiel zu sein.

»Und wir machen die Regeln«, sagt Filinto und schaut Josh eindringlich an. »Wir sitzen am längeren Hebel bei diesem Spiel.«

Josh ist geschockt. Kann der Gedanken lesen, oder was?

»Zieh den Text da drauf.« Filinto gibt Frederike einen

Stick. »Josh und ich gehen dann in den Internetladen, um ihn wegzuschicken.«

»Wieso müssen wir in den Laden?«, will Josh wissen. »Ich denke, du lässt die Mail über verschiedene Server laufen, um auf Nummer sicher zu gehen.«

»Stimmt nicht. Ich hab gesagt, es ist fast hundertprozentig sicher. Aber bei der Geschichte will ich zweihundertprozentige Sicherheit. Lass uns also zum Internetladen gehen. Der ist doch sowieso gleich um die Ecke.«

◎

Die Tür gibt ein scheppperndes *Ringping! Ringping! Ringpingelding!* von sich, als sie den Internetladen betreten. Früher war hier wahrscheinlich ein Supermarkt, denn der Raum ist riesig und die Decke besteht aus weißen quadratischen Platten. Gleich rechts am Eingang ist eine Theke inklusive dazugehörigem Ladenbesitzer, eine Reihe antiquierter Flipper, ein Formel-1-Simulator, ein Getränkeautomat, acht Telefonkabinen und mehrere PCs in Nischen, die durch schulterhohe Sperrholzwände voneinander abgetrennt sind. Die Haare des Ladenbesitzers sind noch krauser als Filintos. Vermutlich ein Iraner.

»Nehmen Sie Rechner Nr. 9«, sagt er knapp.

Sie gehen weit nach hinten in den Laden und setzen sich vor den PC.

Filinto schiebt den Stick ein. Dann öffnet er im Netz eine Seite, gibt einen Code ein, es folgen Zahlenkolonnen und Buchstaben. Eine neue Seite öffnet sich ... Das Tippen auf der Tastatur ist für ihn wie Atmen, er tut es, ohne darüber nachzudenken.

Noch zwei andere Kunden sind im Laden, sie stehen in den Telefonkabinen 1 und 3. Was Josh und Filinto reden, können sie nicht hören.

Josh schaut sich um. Sein Blick schweift hinüber zum Ladenbesitzer. Dann durchzuckt ihn ein Gedanke, ein Verdacht. In der Schule kann der Lehrer im PC-Raum von seinem Rechner aus alle übrigen Rechner einblicken. »Was ist, wenn der Ladenbesitzer das gleiche Programm hat?«

»Dann guck nach, wenn es dich nervös macht«, sagt Filinto.

Also geht Josh möglichst unauffällig zur Theke. Dahinter stehen die Kasse und der Bildschirm, auf den der Besitzer unverwandt starrt. Josh kann nichts erkennen und geht deswegen kurz nach draußen.

Ringping. Ringping. Ringpingelding.

Von außen ist die Scheibe zugepflastert mit Toner-Sonderangeboten und Preisen für Gespräche ins europäische Ausland, nach Übersee, Tarifen für Handykarten, einer Werbung für ...

Wow! Zwischen all den Plakaten und Stickern findet Josh eine Lücke mit Aussicht auf den Monitor des Besitzers. Der Typ überwacht nicht seine Kundschaft, sondern guckt sich ein Pornofilmchen an.

Ringping! Ringping! Ringpingelding!

Als Josh zum Rechner zurückkehrt, versendet Filinto gerade die Erpressermail.

»Was glaubst du, Filinto? Wann wird die Bundesregierung reagieren?«

»Schwer zu sagen. Manchmal reagieren die Spieler in einem Spiel anders, als man denkt.«

»Das ist kein Spiel«, sagt Josh. »Nicht für mich.«

»Doch! Alles ist ein Spiel. Du musst nur die Regeln erkennen, die der Matrix zugrunde liegen. Dann kannst du sie alle manipulieren.«

»So ein Quatsch. Im Film geht es immer gut aus. In der Wirklichkeit nicht. Vergiss das. Ich will kein Spiel. Ich will, dass die AKW abgeschaltet werden und was gegen den Co_2-Ausstoß getan wird, damit wir hier nicht in 20 Jahren elendig verrecken. Das Gerede von Spiel und Matrix interessiert mich nicht!«

»Ist unser Joshi sauer?« Filinto schaut ihn groß an, seine Lippen sind leicht geöffnet, als würde er noch weiterreden, aber es kommt nichts.

Ringping! Ringping! Ringpingelding!

Die Telefonkabinen sind leer. Nur noch Josh, Filinto und der Ladenbesitzer sind da.

Filinto packt Josh überraschend an den Schultern und drückt fest zu, dann lächelt er und gibt ihm einen Kuss auf die Stirn. »Lass mich nur machen.«

Josh sitzt wie festgetackert auf seinem Stuhl.

Was soll er machen? Lächeln? Einfach gehen?

»Wir müssen hoch zu unseren Mädels.« Filinto loggt sich aus. »Die beiden wundern sich sicher schon, wo wir bleiben. Mal gucken, ob die heute Abend was in den Nachrichten bringen. Das sollten sie auf jeden Fall tun.«

»Wie meinst du das?«

»Na, falls die nicht spuren, werden wir den Erreger freilassen. Oder?«

Josh weiß nicht, ob Filinto das ernst meint.

Aber es könnte sein.

◎

Die Antwort auf die *Wake up!*-Botschaft folgt fünf Stunden und mehrere Bierflaschen später. Sie ist für jedermann ersichtlich und unüberhörbar, sie ist rot und blau und sie heißt Feuerwehr und Polizei. Josh blickt aus dem Fenster. Auf der Hauptverkehrsstraße zieht eine Kolonne Einsatzfahrzeuge Richtung Wasserwerke. Die Trinkwasserversorgung soll gesichert werden. So jedenfalls wird es im Fernsehen vermeldet.

Sybille steht hinter ihm. »Was soll das denn bringen? Wenn wir wollen, können wir den Erreger in irgendeinen Gully oder Fluss kippen, dann ist alles verseucht. Was bilden die sich eigentlich ein?«

»Die müssen doch irgendwas machen«, erklärt Frederike. »Die können ja nicht einfach die Hände in den Schoß legen.«

Laut ARD sei das Hauptproblem der Bodensee. Mehr als dreihundert Städte und Gemeinden würden von dort mit Trinkwasser versorgt. Sie zeigen Aufnahmen von Feuerwehrleuten und Polizisten, die am Ufer des Sees stehen. Es sei nahezu unmöglich, jeden Flecken zu kontrollieren.

»Respekt«, sagt Filinto. »Die haben echt Schiss. Weil sie nicht eingrenzen können, wo wir sitzen.«

Die Bakterien in der Petrischale auf dem Couchtisch haben ihre Farbe verändert, sie geht vom Rot-Grünen ein wenig ins Lilafarbene über. Auch die Nährflüssigkeit ist jetzt nicht mehr durchsichtig, eher ein wenig bräunlich. Wie Krampfadern auf brauner Haut sieht das Ganze aus.

Filinto nähert sich Josh und Frederike, stellt sich zwischen sie ans Fenster, legt den linken Arm um Frederikes, den rechten um Joshs Schulter.

»Die werden weiter nach Spuren suchen. Aber wir müssten schon Elefantenfußabdrücke hinterlassen, damit die uns auf die Schliche kommen. Bei den Ermittlern sitzen fast nur Schnarchnasen.«

Joshs Handy klingelt, genauer, es quakt. Das kann nur seine Mutter sein. Soll er rangehen? Aber was soll er sagen, falls sie ihn fragt, warum er wieder die Schule geschwänzt hat? Es quakt und quakt. Die Mailbox springt an. Ein Piepsen. Seine Mutter spricht ihm sonst nie auf die Mailbox. Josh lässt sich in den Handschuh fallen. Wenn seine Mutter ihn während ihrer Arbeitszeit anruft, kann das nichts Gutes bedeuten.

»Warum gehst du nicht ran?«, will Frederike wissen. Sie steht noch am Fenster neben Filinto. Und sein Arm liegt immer noch auf ihren Schultern.

Josh lächelt verkrampft. »Meine Mutter. Ich warte mal lieber ab, was sie zu sagen hat.«

Er hört die Mailbox ab. »Ruf mich sofort an. Hier brennt die Hölle.« Sie klingt aufgeregt und so drückt er sofort die Rückruftaste.

»Was ist denn los, Mama?«

»Das solltest du mir erklären. Hast du mir irgendwas zu beichten?«

Josh deutet den anderen mit der Hand an, dass seine Mutter sauer auf ihn ist. »Ich war doch heute früh in der Schule. Mir war übel, deshalb bin ich direkt wieder gegangen.«

»Das ist ja interessant.«

»Rufst du deshalb an?«

»Nein«, sagt sie und schweigt.

»Warum dann?«, fragt Josh beklommen.

»Die Polizei hat eben angerufen. Sie überprüfen sämtliche Labors, die mit MCKL arbeiten.«

Jetzt schweigt Josh – ebenso seine Mutter.

Die Stille ist unerträglich.

Drei Augenpaare schauen Josh fragend an.

»Diese Spinner von *Wake up!*«, sagt sie plötzlich. »Sie haben damit gedroht, dass sie das Wasser mit dem MCKL-Erreger verseuchen. Was sagst du dazu?«

»Weiß nicht.«

»Du warst hier im Labor und du hast dich im Nachhinein betrachtet merkwürdig verhalten. Dann war gestern mein Schlüssel weg und sehr plötzlich lag er auf der Spüle. Da stimmt doch was nicht.«

»Denkst du, ich habe damit zu tun?«

»Sag es mir, Josh. Eine Petrischale mit dem Erreger fehlt jedenfalls. Josh, ich mache mir wirklich sehr große Sorgen!«

»Aber wie soll ich die Petrischale mit diesem Erreger denn gestohlen haben?«

Jetzt ist auch Joshs Freunden klar, was die Stunde geschlagen hat. Sie kleben an seinen Lippen.

»Du magst vielleicht nicht hier eingebrochen sein. Aber irgendjemand, der ein Haargummi mit einem Totenkopf trägt, hat ihn hier verloren.«

»Wie bitte?«

»Du hast richtig gehört: ein Haargummi mit einem silbernen Totenkopf und kleinen funkelnden Steinchen in den Augenhöhlen. Keiner meiner Mitarbeiter trägt so einen Kitsch. Das muss von einem jungen Mädchen sein.«

Josh schaut zu Frederike. Ihr Haargummi ist weg. Wie ist es ins Labor gekommen? Filinto und Frederike? Sie stehen da im Fensterrahmen wie ein Bild. Über ihnen ist der Himmel so blau und satt wie eine Geha-Patrone.

»Bin ich etwa ein Mädchen und trage so was?« Josh spielt jetzt den Beleidigten und vermeidet dabei das Wort Haargummi. Frederike muss nicht wissen, was er nun weiß.

»Veralbere mich nicht!«, regt sich seine Mutter am anderen Ende der Leitung auf. »Ich werde eine neue Petrischale mit dem Erreger in den Schrank stellen. Und du solltest jetzt sofort nach Hause gehen.«

Doch das ist so ziemlich das Letzte, was Josh sich jetzt vorstellen kann. »Nein«, sagt er entschieden. »Warum denn? Ich hab nichts Schlimmes getan.«

»Wo bist du?«

»Was interessiert dich das?«

»Du bist mein Sohn. Und ich glaube, dass du mich brauchst. Ich kann dich auch abholen kommen.«

»Du warst doch nie da, wenn ich dich gebraucht hab. Also vergiss es einfach«, sagt Josh hart und klickt das Gespräch weg.

Er ist sauer. Sauer auf seine Mutter und vor allem auf Frederike. Was hat sie im Institut gemacht? Es muss ihr Haargummi gewesen sein. Josh versucht sich zu beruhigen. Er muss einen klaren Kopf behalten. Er kann jetzt nicht mehr zurück, dazu ist es zu spät. Er schaut auf den Couchtisch, als läge dort nicht die Petrischale, sondern eine Kristallkugel, in der sich seine Zukunft spiegelt, eine düstere Zukunft.

»Ich hab Schiss«, sagt er in die Runde. »Meine Mutter macht Terror.«

»Die hat Angst um dich«, sagt Frederike. Sie beugt sich

zu ihm runter und will ihn trösten. Doch Josh wendet sich zur Seite. »Meine Mutter glaubt, ich hätte die Petrischale geklaut. Ich soll nach Hause kommen.«

»Respekt!« Filinto pfeift anerkennend. »Hat deine Mutter hellseherische Kräfte? Immerhin hast du das perfekte Alibi, du warst auf ihrer Siegerparty und wirkst brav wie Bambi.«

»Na ja, aber es fehlt nun einmal eine Petrischale. Und meine Mutter findet, dass ich mich letztens im Labor merkwürdig verhalten habe.«

»Wie hast du dich denn verhalten?«, will Sybille wissen. Sie hat sich auf Filintos Stuhl am Rechner gesetzt und dreht sich ganz langsam im Kreis.

»Ach, was weiß denn ich … Meine Mutter hat einen siebten Sinn für solche Dinge. Aber sie wird der Polizei nichts von der fehlenden Petrischale erzählen.« Josh erwähnt das Haargummi nicht. Wozu auch? Ganz offensichtlich soll er nicht wissen, dass Frederike mit Filinto im Institut war. Josh findet das reichlich albern, aber er hat keine Lust, sich ausgerechnet jetzt deswegen mit ihr zu streiten. Soll sie Filinto doch hinterherrennen, ihm ist es inzwischen egal.

»Kriegt deine Mutter deshalb Ärger im Labor?« Frederike sieht Josh ernsthaft besorgt an. Immerhin kennt sie seine Mutter seit Ewigkeiten und weiß, wie genau sie es mit ihrer Arbeit nimmt.

»Sie ist die Leiterin des Instituts. Sie will den Diebstahl vertuschen und stellt ein neues Schälchen MCKL in den Giftschrank.«

»Dann hängt deine Mutter auch mit drin«, sagt Filinto kalt, der nun mit dem Rücken zum Fenster steht.

Josh blickt ihn erstaunt an.

»Hey, es ist doch so. Und es ist gut, denn deine Mum denkt eigentlich genau wie wir.« Filinto dreht sich um und schaut aus dem Fenster. »Leute!«, sagt er plötzlich. »Wir bekommen Besuch. Polizei im Anmarsch. Mal wieder.«

»Jetzt wird es eng«, sagt Frederike erschrocken.

Doch Filinto winkt ab. »Keinen Stress. Sie haben nichts in der Hand. Die wollen uns nur einschüchtern. Die warten darauf, dass einer von uns Hackern auspackt.«

»Was sollen wir machen?« Josh sieht sich schon wieder in der Vorratskammer stehen.

Es klingelt.

»Es klingelt«, sagt Frederike.

»Das tut es«, bestätigt Filinto ironisch und rührt sich nicht.

»Was willst du machen?«, fragt Sybille. »Ich hab Angst um dich.«

»So, wie du an den Nägeln kaust, sollte ich eher Angst um dich haben. Also, bleibt einfach still und haltet die Klappe. Dann passiert nichts.«

Es klopft an der Wohnungstür.

»Filinto Alencar! Falls Sie zu Hause sind, öffnen Sie sofort die Tür! Hier ist die Polizei.«

Die vier stehen im Zimmer wie Wachsfiguren und warten. Wieder klingelt es. Und wieder rühren sie sich nicht. Kein Mucks. Noch ein Klopfen, dann entfernen sich die Schritte.

»Die haben aufgegeben«, flüstert Filinto und schaut aus dem Fenster. Als er den Polizeiwagen sieht, der zurück auf die Hauptverkehrsstraße einbiegt, sagt er: »Unsere Bullen müssen weiter zum nächsten Hacker.«

Er nimmt sein Handy und wählt eine Nummer, die er nicht eingespeichert hat. »Hallo, Tantalus!«

Josh, Frederike und Sybille lauschen gespannt.

»Ja, ja ... mir geht's gut«, sagt Filinto gerade und fragt beiläufig: »Will nur wissen, ob sie schon bei dir waren ... Dann ist ja gut. Sie scheinen noch einmal alle Verdächtigen aus der Gegend abzuklappern ... *Wake up!?* ... Nee, ich habe nichts damit zu tun ... Das sind irgendwelche Ökofreaks. Ich trenne ja nicht mal meinen Müll ...«

Wenig später legt er auf. »Bei Tantalus waren sie auch schon, haben nichts in der Hand, nur Vermutungen.«

»Ist der auch bei Neo?«, hakt Josh neugierig nach.

»Nein. Er ist eine Quatschbüchse, da muss man aufpassen. Oberstes Gebot von Neo ist Zurückhaltung. Immer vorsichtig sein und nie zu viel reden.«

»Ich hatte noch nie was mit der Polizei zu tun. Ich hoffe echt mal, dass das auch so bleibt ...«, sagt Frederike und wirft Filinto einen besorgten Blick zu.

»Jetzt jammere nicht.« Filinto wirkt einfach nur genervt. »Du nimmst das alles viel zu ernst. Lass mal sehen, was das Fernsehen über uns bringt.«

Er zappt sich durch die Programme und bleibt am Ende bei einer Talkrunde der ARD hängen.

»Warum gehen wir eigentlich nicht auf die Forderung der Erpresser ein? Schließlich denken viele Menschen so. Wir können es uns nicht bieten lassen, dass gleich hinter unserer Grenze die Franzosen ihr eigenes Atomsüppchen kochen. Das geht nicht. Oder glauben Sie, eine radioaktive Wolke macht an der Grenze halt?« Der Ex-Hacker Marius Bäumler redet. Er war früher Mitglied des *Chaos Computer Clubs*, dann bei Neo. Filinto regt sich auf, weil Hacker wie Bäumler irgendwann einen Vertrag bei einer Softwareschmiede unterschreiben und Gehalt kassieren. »Und der Typ schwingt auch noch große Reden im TV.«

»Weil wir uns nicht erpressen lassen dürfen«, entgegnet jetzt der CSU-Politiker in der Runde. »Wir hören nicht auf eine terroristische Gruppe.«

»Dann hören Sie zumindest aufs Volk.«

»Sie finden es also vertretbar, was diese Terroristen tun?«

»Ich verstehe die Verzweifelten im Land, die sich um das Überleben der Menschheit sorgen.«

»Stellen Sie sich vor, wir würden uns von solchen kriminellen Subjekten wie *Wake up!* erpressen lassen. Stellen Sie es sich nur einen Augenblick vor. Das würde bedeuten, dass wir autokratische Regeln dulden. Das ist eine schleichende Diktatur.«

»Ist doch ganz gut, was dieser Bäumler redet«, meint Sybille.

»Was?« Filintos Laune ist jetzt auf dem Tiefpunkt. »Guck dir doch die Typen an. Leicht angefettet. Gleich nach der Sendung steigen sie in ihr genauso fettes Auto, schalten die Klimaanlage an oder fliegen mit dem Flieger nach Hause und … Die wollen nichts verändern, weil sie sich von dem System ernähren. Diese ekelige Heuchelei ertrag ich nicht.«

Filinto klickt die Talkrunde weg.

Breaking News n-tv: Getränkemärkte leer gekauft. Gerolsteiner, Apollinaris und Bonaqua im Aufwind.

»Als Nächstes werden sie nur noch Bier und Cola saufen«, sagt Filinto. »Hätten wir uns besser mal vor unserer Aktion Aktien von Heineken oder Coca Cola zugelegt, dann hätten wir Geld für die nächsten Aktionen. So, wie Bin Laden es gemacht hat.«

»Was hat der denn getan?«, will Josh wissen.

»Bevor er die beiden Passagierflugzeuge ins World Trade Center geschickt hat, hat er auf fallende Kurse an der New Yorker Börse spekuliert. Und als die Kurse am 11. September eingebrochen sind, hat er Millionengewinne eingestrichen.«

»Gebracht hat der ganze Mist auch nichts«, meint Josh. »Nur Krieg und Tote. Aber wir werden es ohne einen Tropfen Blut durchziehen.«

»So will ich es von dir hören, Josh. Genau so.«

Die Bundesregierung allerdings scheint sich trotz des Medienrummels nicht erpressen lassen zu wollen. Sicherheitsvorkehrungen werden zwar veranlasst, aber immer noch hoffen die Minister von Bund und Ländern, dass die Erpresser nur bluffen.

»Wir sollten jetzt loslegen.« Sybille klingt entschlossen, nimmt das Petrischälchen und verschwindet ins Bad. Als sie zurückkehrt, steckt sie es in die gepolsterte rote Box und sagt zu Josh: »So, Fingerabdrücke sind jetzt nicht mehr dran. Am besten, du machst das.«

»Was mache ich?«

»Es ins Wasser kippen? Es sieht ja nicht so aus, als würden sie auf unsere Forderungen eingehen.«

»Ich bin doch nicht bescheuert.« Josh kann nicht glauben, was Sybille von ihm verlangt. »Soll ich etwa Leute umbringen? Spinnst du?!«

Auch Frederike schaut ihre Freundin entsetzt an. »Willst du wirklich, dass wir das Zeug in Umlauf bringen?«

»Was sonst.«

Filinto will etwas erwidern, aber Josh schneidet ihm das Wort ab. »Nein«, sagt er. »Wir werden das Schälchen am Bahnhof deponieren.«

»Warum?«, fragt Sybille.

»Weil wir das danach der Polizei sagen.«

»Und dann?«

»Werden sie uns ernst nehmen. Glaub es mir. Dann wissen sie, dass wir das Zeug wirklich haben. Es bringt doch nichts, Leute umzubringen. Nur die Drohung zählt. Wenn du die Rote Karte ziehst, fliegt der Spieler vom Platz. Du musst ihm die Gelbe zeigen und ihm klarmachen, dass du auch die Rote hast. Nur dann ändert er sich. Kapiert?«

Sybille hat kapiert.

»Sind da wirklich keine Fingerabdrücke mehr auf dem Schälchen?«

Sybille nickt.

»Alles klar.« Josh zieht dünne Einmalhandschuhe an und greift vorsichtig nach der Box. »Oder hat jemand was dagegen, wenn ich das erledige?«

»Natürlich nicht.« Frederike lächelt ihn an. »Aber es ist noch nicht mal sechs Uhr. Die Bundesregierung hat noch zwei Stunden bis zur Tagesschau.«

Sybille schüttelt den Kopf. »Vergiss es, Frederike. Die schalten nicht ab. Du hast doch gehört, was der Regierungssprecher erzählt hat. ›Wir werden uns nicht erpressen lassen.‹«

»Aber …«

Josh steht jetzt zwischen den beiden Mädchen. »Keine Panik. Ich werfe die Box in den Mülleimer neben der Info-Theke in der Bahnhofsvorhalle und dann rufen wir die Polizei an.«

»Am besten transportierst du die Schale in einer Papiertüte, von *McDonald's* oder so«, schlägt Sybille vor. »Damit bist du unauffällig unterwegs.«

»Wir haben welche in der Küche«, sagt Filinto und steht auf. »Und übrigens … Ich komme mit«, verkündet er lautstark, während er im Papiermüll kramt. »Wenn ich mich richtig erinnere, gibt es da noch die eine oder andere Überwachungskamera im Bahnhof.«

»Wenn du willst.« Eigentlich ist Josh ganz froh, das nicht allein durchziehen zu müssen.

»Ja. So sind wir auf der sicheren Seite. Wir müssen ohnehin noch ein paar Dinge abklären, ehe es losgehen kann«, meint Filinto. »Fürs Erste hoffe ich nur, dass im Bahnhof nicht so viele Polizisten unterwegs sind.«

»Bestimmt nicht. Schließlich müssen sie die Gewässer schützen«, bemerkt Sybille ironisch.

◎

In der U-Bahn klingelt Joshs Handy.

Schon wieder seine Mutter.

Er hat sich eine Plastiktüte fest unter den Arm geklemmt, in der die Papiertüte mit der Box samt Petrischale liegt. Am liebsten würde er sie an einer Kette ums Handgelenk tragen, in einem Security-Koffer.

»Was ist, Mama?«

»Du sollst nach Hause kommen, wenn ich dir das sage und nicht einfach auflegen. Das ist los!«

»Sorry, sorry, aber ich bin in der U-Bahn und gleich kommt der Tunnel. Also, falls gleich der Empfang weg ist …«

»Fahrt ihr in die City?«

»Ich kann dich schlecht hören«, lügt Josh.

»Ich frage, ob ihr ins Zentrum fahrt!«

»Der Empfang ist zu schlecht. Tunnel …« Er schaltet das Handy aus.

»Wer war das?«

»Meine Mutter. Die ist extrem sauer. Ich übrigens auch.«

Filinto zieht eine Augenbraue hoch. »Wieso? Was hat sie getan?«

»Sie nicht. Aber Frederike und du. Frederike hat im Labor das Haargummi mit dem Totenkopf verloren.«

»Ach, wie ärgerlich!« Filinto lässt sich nicht im Geringsten aus der Ruhe bringen und fragt unschuldig: »Hat Frederike dich und deine Mutter im Labor besucht, oder was?«

»Sie war nicht mit mir da, sondern mit dir, Filinto. Was soll denn diese ganze blöde Heimlichtuerei? Wieso habt ihr mir das nicht einfach direkt erzählt?«, bricht es aus Josh heraus.

Filinto legt seinen Finger auf die Lippen. Dann schaut er sich auffällig um. Er will damit andeuten, dass es zu gefährlich ist, in der U-Bahn zu reden. Zu viele Leute, zu viele Ohren.

»Verschieben wir das Gespräch halt«, sagt Josh.

»Es gibt nicht viel zu besprechen. Zwischen mir und deiner Freundin läuft nichts. Mehr muss ich dazu nicht sagen. Es war falsch, es dir nicht zu erzählen. Sie wollte unbedingt mitkommen und dachte, du könntest etwas dagegen haben. Aus Eifersucht. Oder Sorge. Was weiß ich?«

Josh traut Filinto immer weniger, sagt aber nichts. Er

wüsste gern, was Filinto eigentlich von Frederike will und, noch wichtiger, sie von ihm. Aber jetzt ist nicht der Zeitpunkt, das herauszufinden. Sie sind fast am Zielort angekommen.

◎

U-Bahn-Station Hauptbahnhof.

Die meisten Fahrgäste steigen aus – genau wie Josh und Filinto. Der Strom der Menschen führt sie über die Rolltreppe hoch in die Bahnhofshalle. Josh hat die Plastiktüte immer noch unterm Arm. Der Bahnhof besitzt eine gläserne Kuppel, die von mächtigen Stahlträgern gestützt wird. Blumenläden, Buchhandlung, Parfümerie, *McDonald's*, es wimmelt von Menschen unter der Kuppel wie auf einem Markt in Schanghai. Bakterien unter dem Mikroskop eines Forschers.

Filinto lässt seinen Blick nach oben schweifen. »Da sind sie. Die Überwachungskameras.«

Josh nickt. »Wir sollten höllisch aufpassen, dass uns die Polizei später nicht zurückverfolgen kann. Die checken garantiert die Sicherheitskameras, und zwar nicht nur hier, sondern auch in der Umgebung, in der U-Bahn und so.«

»Und die werden nachgucken, wer die Tüte mit dem Erreger in den Papierkorb gelegt hat«, ergänzt Filinto. »Zumindest werden sie es versuchen.«

Die beiden durchqueren die Bahnhofshalle in Richtung Ablage und blicken die ganze Zeit prüfend nach oben: Auch auf dem Bahnhofsvorplatz und auf dem Platz vor der Kathedrale gibt es Kameras.

»Hör zu«, sagt Filinto. »Ich schalte die Kameras im Bahnhof aus. So gehen wir auf Nummer sicher, dass dich niemand sieht.« Er hält die Hand hoch und Josh schlägt ein. Eben noch hat er Filinto misstraut, und jetzt? Das ungute Gefühl ist verflogen. Jetzt geht's zur Sache und sie sind ein Spitzenteam!

»Bleib du erst mal hier«, sagt Filinto. »Ich gehe in der Bahnhofsvorhalle ins Café *Moderne Zeiten*. Dort stehen zwei Rechner. Von da aus hack ich mich ins System der Bahn. Ich ruf dich auf dem Handy an, wenn ich so weit bin.«

◎

Josh ist allein in der Fußgängerzone zwischen all den Leuten. Vor dem Schaufenster vom *Media Markt* bleibt er abrupt stehen. Seine Mutter ist in den Fernsehern zu sehen! Acht Mal! Sie trägt Lippenstift und spricht in die Kamera.

Worüber redet sie? Kein Ton.

Josh schaut aufs Handy. Keine Info über die Sendung. Es ist n-tv. Seine Mutter ist wieder weg. Josh könnte wahnsinnig werden. Jetzt werden Bilder von einem Einsatz in einem Wasserwerk gezeigt. Hunderte von Feuerwehrleuten und Polizisten. Er will gerade in den Elektromarkt laufen, da klingelt sein Handy.

»Du kannst kommen. Ich werde um Punkt 18.30 Uhr die Kameras im Bahnhof abschalten. Du hast dann genau fünf Minuten, um das Zeug im Mülleimer in der Bahnhofshalle zu deponieren. Ich weiß nicht, wie lange die Bahn-Leute brauchen, um den Störfall zu registrieren und das Netz zu reparieren. Aber fünf Minuten müssten dir ja reichen.«

»Alles klar«, sagt Josh und macht sich auf den Weg. Die Papiertüte ist immer noch in der Plastiktüte, denn sonst erwischt ihn möglicherweise eine Kamera mit der Papiertüte vor dem Bahnhof, dann findet die Polizei die Papiertüte im Mülleimer und dann … ist er dran.

◎

Josh steuert auf den Mülleimer neben der Info zu. Keine Polizei zu sehen. Die Kameras an der Decke, am Blumenladen und an der Apotheke stören ihn nicht, denn gleich werden sie aus sein.

Die Bahnhofsuhr zeigt 18.29 Uhr. Klack. 18.30 Uhr.

Er holt die Papiertüte aus der Plastiktüte und stopft sie sich in die Hosentasche. Die Papiertüte selbst hält er fest in der Hand. Dann peilt er den Mülleimer an – etwa 40 Meter liegt er entfernt. Blankes Metall mit einer Öffnung für Müll und einer für Zigaretten. Fünf Meter daneben ist die Info-Theke der Bahn. Acht Leute in der einen Schlange, sechs in der anderen. Alles läuft gut, alles im Plan. Jetzt erkennt Josh zwei Polizisten in Uniform, sie stehen halb verdeckt von den Wartenden schräg hinter der Info-Theke. Sie beachten Josh nicht. Warum auch? Er ist nicht auffällig, umschifft auf seinem Weg eine Frau mit Kinderwagen. Das Papier in seiner Hand knistert. Geschäftsleute kreuzen seine Bahn. Krawatten, schwarze Schuhe. Bloß keine Spuren hinterlassen! Er klemmt sich die Tüte unter den Arm – er könnte schwitzen, der Schweiß ihn genetisch verraten. Josh wartet geduldig, bis sie vorüber sind, Anzug nach Anzug. Er wartet wie an einer Ampel.

Grün.

Er geht weiter. Nur noch wenige Schritte bis zum Mülleimer.

»Was machst du denn hier?«

Die Stimme kennt er. Chris?!

»Redest du nicht mehr mit mir, oder was? Ich hab dich gefragt, was du hier machst?«

»Nichts.« Joshs Blick schweift zur Bahnhofsuhr. Eine Minute ist vergangen. Eine Minute ist viel Zeit.

»Am Bahnhof macht keiner nichts.« Chris kommt näher, die Augen misstrauisch zusammengekniffen. »Da wird angekommen und abgefahren. Oder nimmst du etwa Drogen? Guck mich gefälligst an.«

Josh sieht Wut in Chris' Augen. Wut und – Frust.

»Weißt du, wo Frederike ist?«, fragt Josh und bringt Chris damit für einen Moment aus der Fassung.

»Ich dachte, sie ist bei dir. Ich hab gehört, dass ihr mit einem Brasilianer abhängt.«

»Wo hört man denn so was?« 18.32 Uhr. Er muss zum Mülleimer. Er darf sich nicht aufhalten lassen. Jetzt bloß kein Fehler!

Joshs Handy klingelt.

Filinto ist dran. »Was ist los, Josh? Mit wem quatschst du da?«

»Hab nur Chris getroffen.«

»Den Ex von Frederike?«

»Ja.«

»Schick ihn weg. Sofort!«

»Ist Frederike dran?«, fragt Chris. »Gib sie mir!«

»Nein.«

»Du lügst. Lass mich mal«, sagt Chris und nimmt Josh das Handy aus der Hand.

»Frederike?«

»Ich muss dich leider enttäuschen. Ich bin männlich«, entgegnet ihm Filinto.

18.33 Uhr.

Chris gibt das Handy wieder an Josh zurück.

»Ich muss weiter«, sagt Josh.

»Hältst du mich für total blöd?!« Chris klinkt endgültig aus und schreit auf Josh ein.

»Muss das jetzt sein?« Josh schaut zu den beiden Polizisten hinüber, die hinter der Information stehen und sich die Beine in den Bauch langweilen. Wenn die ihn nun festnehmen und den Erreger finden! Nur wegen diesem Idioten! »Ich muss weiter.«

Aber bei Chris sind grad mehrere Sicherungen gleichzeitig durchgebrannt. Er packt Josh an den Schultern und schiebt sich ganz dicht an sein Gesicht heran. »Du und deine Geheimniskrämerei! Reden kann man ja wohl nicht mehr mit dir, aber vielleicht ist das deutlich genug …« Er holt aus und versetzt Josh einen Schlag auf die Nase.

Der Schlag zuckt wie ein Blitz durch Joshs Schädel. Das Ganze ist wie ein Albtraum. Und doch bleibt die Zeit nicht stehen. Um ihn herum bewegen sich die Menschen weiter. Die Papiertüte rutscht ihm aus der Hand, fällt zu Boden. Und seine Beine sacken einfach weg. Er knallt mit der Schulter auf den harten, dreckigen Boden. Sein Gesicht schmerzt. Blut läuft ihm aus der Nase.

Wo ist die Papiertüte?

Er sieht alles nur noch verschwommen. Keine Papiertüte neben ihm. Nur Beine.

Die Tüte ist weg.

Chris steht über ihm.

Josh springt trotz der Schmerzen in seinem Kopf auf, ist voller Adrenalin.

Wo ist diese Tüte?

18.34 Uhr.

Die Polizisten tauchen hinter Chris auf.

Josh zuckt zusammen. Er steht nur da, starr vor Angst. Sie werden ihn verhaften.

»Ihre Papiere bitte«, sagt die Polizistin zu Chris.

Josh sieht langsam wieder klar. Aber immer noch keine Papiertüte. Nirgends. Hat sie jemand mitgenommen?

Chris murmelt ein halbherziges »Entschuldigung« und gibt der Polizistin sein Portemonnaie.

Josh ist mulmig, seine Beine wollen wieder nicht, wie er will.

Der Polizist stützt ihn. »Ist alles in Ordnung mit Ihnen? Setzen Sie sich erst einmal hin.«

Josh will nicht sitzen. Er konzentriert sich auf seine Beine. Sie tragen ihn. Er sagt: »Alles in Ordnung.« Mit seinen Augen sucht er Boden ab, wieder und wieder. Nur Füße, eine zertretene Eiswaffel, Beine. Der Mülleimer. Steckt da nicht die Tüte?

Die Bahnhofsuhr zeigt 18.38 Uhr.

Die Kameras sind wieder an! Es ist zu spät!

»Haben Sie Ihren Personalausweis dabei?«

Josh schüttelt den Kopf. »Nur die Essenskarte vom Monte.«

Wie er heißt? Wo er wohnt? Telefon? Handynummern.

Er gibt ihnen die seiner Mutter. Wie ist noch mal die Telefonnummer von Papa im Rathaus? Er hat sie vergessen. Loch im Kopf!

Die Polizisten befragen Chris und ihn zu dem Vorfall.

»Gegebenenfalls möchten ja Sie oder Ihre Eltern Anzeige erstatten.«

»Sicher nicht. Ich kenne Chris aus der Schule. Es geht um ein Mädchen. Ich bin mit daran Schuld, dass er mich geschlagen hat. Eigentlich mögen wir uns. Frederike war seine Freundin.«

»Das ist Ihnen überlassen.« Der Polizist wendet sich an seine Kollegin, die beiden tuscheln.

Chris' Gesicht ist angespannt, das von Josh noch viel mehr.

Wo ist die Tüte?

Josh könnte heulen. Zusammenreißen. Keine Emotion zeigen. Alles wird gut. Die Polizisten sind nett. Sie machen ihren Job. Mehr nicht.

»Sie können gehen«, sagt die Polizistin zu Chris.

Josh muss mitkommen. »Tut mir leid. Wir müssen Ihre Daten überprüfen.«

»Ich möchte nur noch mal etwas gucken«, sagt er.

»Was denn?« Dem Polizisten scheint Joshs Verhalten auffällig. Er sieht Josh kritisch an. Schließlich laufen am Bahnhof Dealer herum, von denen nicht jeder gleich wie ein Dealer aussieht. Chris geht, verschwindet in der Menge wie ein Tropfen im Fluss. Weg ist er, als sei er nie hier gewesen. Wo ist Filinto? Sitzt der noch im Café? Josh hat von irgendwoher ein Taschentuch, das er sich unter die Nase hält. Blut. Es ist schon fast getrocknet.

»Haben Sie etwas verloren?«, fragt die Polizistin.

»Nein, nein, war nur gerade etwas durcheinander.«

Die Tüte ist wie vom Erdboden verschluckt. Dieser Mülleimer. Da ist eindeutig so eine Papiertüte drin. Es kann nicht seine sein. Es gibt Millionen von diesen Tüten.

Wahrscheinlich war sie schon dort, als er die Bahnhofshalle betreten hat.

»Kommen Sie bitte mit zur Wache«, fordert ihn die Polizistin freundlich auf, doch da kommen zwei Sanitäter.

»Sie haben uns gerufen?«

Die Polizistin nickt.

Josh sagt, er braucht keine Untersuchung. Sonst werden sie ihn womöglich noch ins Krankenhaus transportieren.

»Sie sind ja ganz blass. Setzen wir uns doch erst einmal auf die Bank.«

Josh geht mit, setzt sich. Da drüben ist das *Moderne Zeiten*. Die beiden Rechner sind leer. Filinto ist weg. Abgehauen?

»Wie sieht denn Ihre Nase aus? Die könnte gebrochen sein.«

Josh wehrt ab. »Nein. Die ist nicht gebrochen.« Er drückt sich selbst auf den Nasenrücken, biegt die Nase ein bisschen nach links, nach rechts.

»Okay. Genug Beweis. Die scheint wirklich nicht gebrochen.« Der Sanitäter säubert Joshs Gesicht, fragt noch einmal, ob er sich gut fühle.

Josh nickt.

Die Polizisten reden mit den Sanitätern.

Wenn jemand die Tüte findet und den Erreger aus der Petrischale entlässt, dann ist die Katastrophe da. Menschen werden sterben. Verdammte Scheiße!

Wo ist diese verfluchte Tüte?

»Alles in Ordnung?« Die Polizistin ist wieder bei Josh. Der geht mit ihr. Sie laufen vorbei an der Info-Theke und in die Bahnhofspassage hinein, rechts und links Geschäfte, dazwischen geht es hinauf zu den Gleisen 8a, 8b, daneben die Wache, gegenüber ein *Starbucks*, die Durchsage, dass der ICE nach Frankfurt 45 Minuten Verspätung hat.

◎

Josh sitzt auf der Polizeiwache. Seine Nase blutet nicht mehr. Er war noch nie bei der Polizei und ist auch jetzt nicht eingesperrt, aber er kommt trotzdem nicht weg und dieser Beamte fragt ihm Löcher in den Bauch.

»Gut. Dann habe ich das Protokoll auch so weit fertig. Sie müssten es mir gleich nur noch unterschreiben, wenn es ausgedruckt ist.«

Der Mann geht hinter der Theke drei Schritte hinüber zum Drucker. Über ihnen fahren die Züge auf Gleis 14 nach Fahrplan ein und aus. Alles fließt. Nur in Joshs Kopf ist Stau.

»Sie müssen hier unterschreiben.«

Josh unterschreibt. Oh Mann! Wenn der Schnurrbart-Typ wüsste, dass womöglich direkt um die Ecke die Katastrophe ihren Lauf nimmt. Verdammt! Dieser Beamte macht ihn wahnsinnig! Er zeigt ihm noch in aller Ruhe eine zweite Stelle zum Unterschreiben, während draußen womöglich ein Kind mit der Petrischale spielt. Guck mal, wie bunt, Mama! Was ist das, Mama?

»Sie können nun dort Platz nehmen.«

Josh setzt sich auf die Bank gegenüber der Theke. Vier Leute hätten darauf Platz, aber er ist alleine. Das Holz ist hart wie Stein. Sybille, Filinto, Frederike und er könnten hier sitzen, aber nur er sitzt hier. Er will nicht weinen! Was soll er denn nur tun? Die Polizei informieren? Wem würde das jetzt noch helfen?

Ein aufgeregter Polizist stürmt in die Wache und redet leise mit jenem hinter der Theke. Sie ähneln sich, beide mit leicht angegrauten Haaren und Schnauzbart. Josh hört das Wort »Einsatzkommando« und »... möglicherweise evakuieren. Sie wissen noch nicht, wie sie reagieren sollen. Höchste Alarmstufe.«.

Ist die Petrischale offen? Josh will weglaufen, die Sache selbst in die Hand nehmen und – bleibt doch sitzen.

Sinnlos!

Er schaut durchs Fenster, schräg gegenüber läuft im *Starbucks* der Fernseher über den Köpfen. Warum bringt n-tv Bilder von der Bahnhofsvorhalle? Hundertschaften von Polizisten sperren den Bahnhof ab. Was ist da los? Unter seinem Pulli sammelt sich der Schweiß, läuft ihm an den Seiten herunter. Ekelig. Josh drückt die Arme an seinen Körper. Sie werden ihn verhaften! Der Bahnhof wird gerade abgeriegelt. Polizisten tauchen in der Passage auf, gehen in die Geschäfte. Was steht auf dem Streifband unter dem Bild? Die Schrift ist zu klein.

Der Strom der Bahnhofspassanten reißt ab. Die Leute im *Starbucks* wollen raus. Die Polizisten halten sie auf. Eine Diskussion entbrennt. Dann beruhigen sie sich. Schräg gegenüber im Zeitschriften- und Bücherladen werden die Leute ebenfalls gebeten, das Geschäft nicht zu verlassen. Über Lautsprecher ertönt eine Durchsage: »Bitte bleiben Sie dort, wo Sie sind. Folgen Sie den Anordnungen der Polizei. Es besteht kein Grund zur Panik. Bewahren Sie Ruhe!« Dann wiederholt der Bahnhofssprecher das Ganze in Englisch.

»Die Polizei hat die Lage unter Kontrolle!«

Welche Lage, verflixt noch mal?!

»Was passiert da?«, fragt Josh den Beamten hinter der Theke.

»Großalarm. Wir haben nicht mal mehr Zeit, die Leute aus dem Bahnhof zu lassen.«

»Warum?«

Der Beamte schweigt.

»Bombenalarm?«

Was ist das denn für ein Idiot? Warum sagt der nichts?

Josh will die Wache verlassen.

»Bleiben Sie bitte sitzen. Es ist nur zu Ihrem eigenen Schutz.«

»Warum erklären Sie nicht einfach, was los ist?«

»Jetzt bleiben Sie mal schön ruhig. Wir versuchen ja, Ihre Eltern zu erreichen.«

Josh geht mit seinem Handy online, findet die n-tv-Breaking News: Die Gruppe *Wake up* hat sich gemeldet. Die Terrorgruppe *Wake up* hat Erreger in Mülleimer in Bahnhofsvorhalle platziert. Tatverdächtiger wurde festgenommen.

Im Fernsehen ist eine Traube von dunkel gekleideten Einsatzbeamten zu sehen, die den Tatverdächtigen in der Bahnhofshalle abführen. Die Kameras können den Mann nicht näher erfassen, zu viele Beamte versperren ihnen die Sicht. Josh kneift die Augen zusammen. Ist das Filinto? Die Menschenmenge vor dem Bahnhof wird von der Polizei zurückgedrängt, Richtung Kathedrale.

Josh wischt sich den Schweiß von der Stirn, sieht durch die Scheibe schwer bewaffnete Polizei, ein Sonderkommando. Sicher haben sie Filinto geschnappt! Der Beamte hinter der Theke ahnt noch nicht, dass Josh einer der Drahtzieher ist. Er muss hier raus! Raus aus der

Höhle des Löwen. Im Fernsehen ist wieder seine Mutter. Die Bahnhofspassage vor dem Fenster der Polizeiwache ist blau und schwarz vor Polizeiuniformen. Die Welt ist dunkel. Seine Mutter redet und redet. Ein Reporter befragt sie.

Die Traube von Polizisten, die Josh eben noch im Fernsehen gesehen hat, und die den Täter in ihrer Mitte hat, läuft direkt vor Josh an der Scheibe vorbei, steuert auf die Tür der Wache zu. Was hat Filinto gemacht? Hat er die Tüte in den Mülleimer geworfen, als Josh auf dem Boden lag? Wie konnte er aber dann so schnell die Erpressermail abschicken? Wie passt das alles zusammen?

Die Tür der Wache fliegt auf. Nur drei Leute passen gleichzeitig hindurch. Der Verhaftete ist in der zweiten Reihe. Es ist nicht Filinto, vielmehr ein hagerer Kerl mit schwarzen schulterlangen, fettigen Haaren und grober Haut. Seine Nase ist rot und großporig wie die eines Alkoholikers. Ein Obdachloser? Er ist gefesselt an Händen und Füßen. Sie eskortieren ihn an Josh vorbei, er kann ihn fast berühren.

»Lasst mich los! Ich hab nichts gemacht! Ihr habt kein Recht dazu!« Er schreit und er stinkt. Es ist der Geruch eines Menschen, der sich seit Wochen nicht mehr gewaschen hat. »Ich hab doch nur die Tüte aus dem Müll geholt! Ich hab Hunger! Ich hab nichts gemacht!« Der Mann dreht sich plötzlich um, sieht Josh, der will wegschauen. Aber er kann nicht.

Sie haben einen Unschuldigen verhaftet, aber sie werden ihn auch bald wieder freilassen müssen, und passiert ist dem Mann auch nichts … Josh senkt seinen Blick, schaut aufs Handy, bis der Mann hinter der Tür mit dem Plakat gegen Taschendiebstahl verschwunden ist.

Von draußen dringt Lärm herein. Journalisten mit Kameras, Reporter mit Aufnahmegeräten, sie rennen durch die Passage. Vor der Wache werden sie von drei Polizisten harsch zurückgedrängt. Nur langsam kehrt Ruhe in die Menge ein, langsam kehrt Ruhe in Josh ein.

◎

Ein Polizist steht vor Josh. »Was macht der Junge hier?«, ruft er dem Beamten hinter der Theke zu.

»War in eine Schlägerei verwickelt. Er ist minderjährig, hat keine Papiere dabei, deshalb haben wir ihn mitgenommen. Seine Eltern sollen ihn abholen, wir erreichen sie im Moment nicht. Er ist der Geschlagene, nicht der Schläger.«

Der Polizist fährt sich durch den Schnauzbart.

»Lassen Sie den Jungen nach Hause fahren. Sie sehen doch, dass hier die Hölle los ist.«

»Aber ich sollte …«

»… einen Streifenwagen holen. Ich möchte nicht, dass der junge Mann hier seinen Tag verbringt.«

Kurz darauf sitzt Josh in einem Streifenwagen.

»Was für eine Aufregung«, sagt der Fahrer.

Sein Kollege nickt. Schweigen. Es geht nur stockend vorwärts, denn die Straße hinter dem Bahnhof ist mit Einsatzfahrzeugen blockiert. Der Beifahrer wählt die Handynummer von Joshs Mutter und erreicht sie prompt. Er berichtet ihr ausführlich, was passiert ist.

»Da haben wir ja Glück, dass Sie gerade aus dem Fernsehstudio heraus sind ... Wir bringen Ihnen Ihren Sohn nach Hause ... Gut, dann treffen wir uns in einer halben Stunde vor der Bushaltestelle ›Grüne Lunge‹. Wir werden dort sein und gegebenenfalls auf Sie warten.«

Der Polizist legt auf und der Fahrer biegt in eine Seitenstraße ein, um den Stau zu vermeiden. Dabei hätte Josh gerne noch ein bisschen mehr Zeit, denn seine Mutter wird ihm daheim die Hölle heißmachen.

◎

Joshs Handy vibriert. Frederike. »Warum meldest du dich nicht, Josh? Die halbe Stadt war im Ausnahmezustand und die haben irgendeinen Typen, der ...«

Josh schaut über den Rückspiegel dem Beifahrer ins Gesicht. Er kann unmöglich offen mit Frederike reden. »Hallo?«, sagt er. »Wer da? Ich ...« Er knipst das Handy aus.

Sofort vibriert es wieder.

Der Fahrer schaut ihn verständnisvoll über den Rückspiegel an. »Warum gehst du nicht ran? Uns stört es nicht, wenn du telefonierst.«

»Meine Freundin macht Stress!«

Der Polizist grinst.

Wenig später treffen sie fast zeitgleich mit Joshs Mutter an der Bushaltestelle ein. Der Zorn steht ihr ins Gesicht geschrieben, ihre Nasenflügel zieht sie ein wenig nach oben, ihre Augenbrauen ebenfalls.

»Hallo, Mama.«

»Ihrem Sohn geht es allem Anschein nach gut.«

Joshs Mutter und der Polizist tauschen Freundlichkeiten aus, besten Dank für die Fürsorge und Dank für das Protokoll. Nein, Josh könne nichts dazu, er sei das Opfer, der Täter ein gewisser Chris Fahrenholz.

»Chris?« Seine Mutter sieht ihn ungläubig an. »Was ist denn passiert?«

»Ihr Sohn meint, es sei aus Eifersucht geschehen.«

Und dann überlassen die Polizisten Josh seinem Schicksal. Leider. Er würde deutlich lieber in einer schmierigen Gefängniszelle mit Schwerstkriminellen hocken, als neben seiner Mutter nach Hause zu gehen. Sie redet freundlich, redet und redet, sie durchqueren die Lunge, seine Mutter beherrscht sich.

Doch daheim schlägt die Stimmung abrupt um.

»So, Josh, ich will sofort hören, was da los war! Wieso prügelst du dich mit Chris?!«

Joshs Zunge ist wie versteinert.

»Josh! Jetzt mach endlich die Klappe auf!«

»Was ist denn da unten los?!«

Auch das noch. Sein Vater ist zu Hause.

»Dein Sohn hat sich geprügelt!«, ruft seine Mutter die Treppe hinauf. »Die Polizei hat ihn aufgegriffen.«

Joshs Vater donnert die Treppe herunter. »Ich denke, der Bahnhof war bis jetzt abgesperrt? Und mit wem, bitte schön, hast *du* dich geprügelt?!«

»Chris Fahrenholz«, erwidert Joshs Mutter und sieht ihren beharrlich schweigenden Sohn halb besorgt, halb wütend an.

»Und warum?« Sein Vater steht auf der untersten Stufe der Treppe, gibt Rose einen flüchtigen Kuss und hält sich am Geländer fest.

Seltsam. *Wake up!* erwähnen die beiden mit keinem

Wort. Und kein Wort vom Erreger. Josh rafft sich zu einer halbherzigen Erklärung auf: »Ach, Chris ist bloß sauer, weil Frederike und ich in letzter Zeit nicht mehr so viel Zeit mit ihm verbringen.«

Joshs Vater schaut ihn erleichtert an. »Deshalb also die Geheimnistuerei und deine nächtlichen Ausflüge.« Er schaut Rose erleichtert an. Dann sagt er zu Josh: »Du bist doch nicht etwa verliebt?« Er nimmt seinen widerstrebenden Sohn in den Arm, der wiederum reumütig seine Mutter anschaut.

»Das Haargummi, das du im Labor gefunden hast, war von Frederike. Ich hab es wohl verloren, als ich dich besucht habe. Sorry, dass ich euch Kummer bereitet habe.«

Joshs Mutter ist sofort milder gestimmt, das sieht Josh ihr an.

Sie gehen in die Küche. Joshs Vater setzt Tee auf, seine Mutter setzt sich ihm gegenüber.

»Eins ist trotzdem merkwürdig«, sagt sie. »Jemand hat eine Petrischale mit dem Erreger bei uns im Labor aus dem Giftschrank gestohlen und, wie ich vermute, genau diese Schale am Bahnhof deponiert. Und du warst an beiden Orten.«

Josh schweigt. Egal, was er nun sagt, sie wird seine Lüge entlarven. Er schaut ihr nicht in die Augen, sieht zu seinem Vater.

»Lass es gut sein, Miss Marple«, sagt Joshs Vater. »Du weißt doch nicht, ob es die gleiche Petrischale ist. Vielleicht hat ja einer deiner Mitarbeiter die Schale im Institut falsch beschriftet oder abgelegt. Weißt du, wie oft solche Dinge passieren? Im Amt passiert das ständig. Was glaubst du, was wir …?«

»Ich bin nicht auf dem Amt.«

»Keiner ist perfekt«, sagt er ein wenig ironisch. »Du hattest auch deinen Schlüssel mitten auf der Spüle vergessen.« Er sagt auch dies mit einem Lächeln und endlich lächelt sie zurück.

»Ich hoffe, du hast recht.« Sie schaut Josh an. »Du kannst immer auf uns zählen, egal, was passiert.«

»Das weiß ich«, sagt er.

Dann atmet sie geräuschvoll aus. »Und jetzt schalte bitte mal dein Pad ein. Möglicherweise gibt es schon Fotos von dem Terroristen.«

Josh fühlt sich derartig mies, dass ihm schon wieder kotzübel wird. Aber seinen Eltern kann er unmöglich etwas von *Wake up* erzählen!

Eine ganze Reihe Fotos von dem Tatverdächtigen sind im Netz unterwegs. SPIEGEL ONLINE, aktuelle, alte Fotos: Der Verhaftete ist polnischer Abstammung, kommt aus Heidelberg, hat mehrere Einträge aus Ägypten im Pass, behauptet, obdachlos zu sein, rein zufällig sei er an dem Mülleimer gewesen und habe die Tüte herausgefischt. Eine der Bahnhofskameras hat ein Foto von ihm mit einem arabisch aussehenden Mann festgehalten, den er vor dem Ausfall der Bahnhofskameras getroffen hat. Nach diesem zweiten Mann fahndet die Polizei.

Joshs Mutter liest: »Die ermittelnden Behörden vermuten einen islamistischen Hintergrund zu dem vereitelten Anschlag. Es bestehe durchaus die Möglichkeit, dass sich arabische Terroristen nur hinter dem Ökosiegel *Wake up* verbergen.«

»So ein Quatsch«, sagt Josh spontan und erntet Kopfnicken von seinem Vater.

»Das halte ich auch für Blödsinn. Warum sollten sich Islamisten dahinter verbergen? So ein Humbug. Ich fürchte, dass es diese Ökoterroristen sind.«

Ein Film-Icon mit dem Konterfei von Joshs Mutter erscheint rechts auf dem Pad. Josh klickt es an. Nachrichtenagentur Reuter. Rose Fischer spricht über MCKL-Varianten, die meisten seien resistent gegen Antibiotika.

»Du bist jetzt die Expertin«, sagt Joshs Vater. »Wir haben eine Berühmtheit an unserem Tisch!«

Wieder lächelt er seiner Frau zu und wie zum Beweis klingelt ihr Handy. Sie soll zu einer Talkshow ins ZDF.

◎

»Filinto, ich versteht einfach nicht, warum du sofort die die Polizei anrufen musstest!«, platzt Josh heraus. »Stell dir vor, die hätten dich am Bahnhof erwischt!« Er marschiert gereizt in Filintos Zimmer auf und ab.

»Was hätte ich denn machen sollen?«, sagt Filinto ruhig und lehnt sich in gewohnter Pose auf seinem Drehstuhl zurück, und das nervt Josh heute ganz extrem. »Dieser Chris hat Josh einfach niedergeschlagen«, erklärt Filinto den beiden Mädchen, die ihn fragend ansehen. »Und ich konnte das Zeug doch schlecht auf dem Boden im Bahnhof liegen lassen. Ich hab mir also die Tüte geschnappt und sie hinter dem Rücken der Polizei in den Mülleimer gesteckt. Ich musste das erledigen, solange die Kameras noch ausgeschaltet waren.«

»Das ist nicht die Frage, sondern: Warum hast du direkt die Polizei angerufen?«

»Der Penner hat sämtliche Mülleimer nach Brauchbarem durchforstet. Der hätte unsere Tüte auf jeden Fall gefunden.«

»Das Ganze wäre beinahe ganz schrecklich schiefgegangen«, sagt Frederike nachdenklich. »Wenn wir jetzt aufhören, sind wir raus aus der Sache.«

◎

Die Sender schießen eine Sondersendung nach der anderen ab. Die Experten geben sich die Klinke in die Hand, es wird spekuliert wie auf dem Wochenmarkt. Und schon wenig später findet die Polizei heraus, dass der Verhaftete Andrzej Piecek seit Monaten auf der Straße lebt und keiner terroristischen Vereinigung angehört. Sofort ist für die Medien wieder klar, wer dahintersteckt: *Wake up*.

Filinto drückt auf die Leertaste. Das Bild auf dem Rechner ist wie eingefroren. Josh jedoch brennt innerlich, als Filinto auf einmal sagt: »Jetzt schlägt unsere Stunde. Und wisst ihr, was wir machen?« Er sieht die beiden prüfend an. »Wir werden ein AKW hacken. Und damit drohen, das Ding außer Kontrolle zu setzen.«

Josh und Frederike sehen sich entsetzt und zugleich irritiert an. Der will mal eben ein AKW hacken?

Doch Sybille nickt enthusiastisch. »Du hast recht. Mit einem AKW haben wir die Atombombe.« Sie springt auf und lacht. »Verrückt. Mit einem AKW können wir die AKW abschalten!« Sie drückt Filinto einen Kuss auf die Lippen. »Und ihr glaubt gar nicht, wie viele Anhänger wir haben werden.«

»Kriegst du ein AKW gehackt?«, fragt Josh und hofft im Stillen, dass es so gut wie unmöglich ist.

»Da wäre ich nicht der Erste.« Filinto winkt ab. »Ich mach das schon.«

»Filinto ...«, beginnt Frederike vorsichtig. »Ich mach natürlich weiter mit bei *Wake up!*, aber ...«

»Ach, komm schon«, unterbricht Filinto sie. »Denk an das weiße Kaninchen. Wir müssen ihm folgen.«

»Ist das ein Geheimcode zwischen euch?«, fragt Sybille ein wenig eingeschnappt.

»Quatsch«, sagt Filinto. »Der Spruch ist aus der Matrix. Neo folgt auch dem weißen Kaninchen. *Follow the white energy.* Hopp, hopp, hopp – Atomkraft stopp!«

Oh Mann! Josh findet Filinto von Minute zu Minute unheimlicher. Der Typ dreht total ab. Was ist das denn für ein merkwürdiger Spruch? Schwarze Energie ist alles, was an Energie aus dem Boden kommt. Und weiße Energie Windkraft und Sonne. Aber das mit dem weißen Kaninchen ist Josh nun wirklich eine Nummer zu schräg. Und alles nur, weil irgendeine Tante in einem Film ein weißes Kaninchen-Tattoo auf der Schulter hat.

Frederike scheint ähnlich zu denken. »Hört mal zu. Wir können doch nicht einfach ein AKW hacken! Das ist kein Spiel mehr. Solche Geschichten gehen nie gut aus!«

Josh nickt. Gerade Filinto sollte das doch wissen, nach dem Durcheinander mit der MCKL-Tüte.

»Was hast du?«, fragt Filinto. »Du willst doch nicht wirklich, dass wir ausgerechnet jetzt aufhören? Von nun an werden wir doch deutlich mehr bewirken als bisher. Wenn wir nur wollen!«

»Eben.« Sybille wirft Frederike einen giftigen Blick zu. »Da wär ich mal nicht so sicher, ob Frederike das so will. Ich glaube, die will vor allem kneifen.«

»Na ja …«, Josh legt seinen Arm um Frederike und sie lächelt ihm dankbar zu. »… bis jetzt hätten wir ja nur *beinahe* etwas bewirkt, nicht wahr?«

»Hey, sind wir ängstlich?«, spöttelt Sybille.

»Ja, genau«, erwidert Josh mit ungerührter Miene. »Ich finde, wir sollten aufhören. Hier muss Schluss sein, sonst gehen wir alle ins Gefängnis, falls nicht noch Schlimmeres passiert.«

Frederike sagt nichts, sondern sieht Josh schweigend an.

»Was ist?«, flüstert er leise, doch sie schüttelt nur leise lächelnd den Kopf und greift auf einmal nach seiner Hand.

Filinto betrachtet die beiden, nicht kritisch, nicht verwundert, sondern eher wie ein Ingenieur, der mit der Konstruktion einer Maschine beschäftigt ist – konzentriert und wach. »Entweder gehen wir an die äußeren Kreisläufe eines AKW oder wir dringen in den inneren ein.« Er redet, als hätte er Joshs Einwände überhaupt nicht gehört. »Weiß nicht, welche Konsequenzen es haben könnte. Ich weiß nur, dass es möglich ist. Diese Idioten kümmern sich darum, ob Terroristen ein Flugzeug auf ihre Meiler fallen lassen. Wir können zum ultimativen Schlag ausholen. Das wird der Super-GAU für diese ganze Energielobby und die Regierung werden.«

»Wie lange brauchst du denn dafür?«, fragt Sybille. Sie hat wohl ebenfalls beschlossen, Frederike und Josh einfach zu ignorieren.

»AKW Moorbach wird nicht so schwer sein. Es ist ein AKW neueren Typs. Die sind leichter zu hacken als die alten mit ihrem analogen Datentransfer.«

Josh und Frederike schweigen bedrückt, während Sybille leise mit Filinto bespricht, wie sie vorgehen könnten.

Filinto tippt etwas in den PC.

Wenn Josh das richtig versteht, gibt Filinto sich in einer scheinbar offiziellen Mail zur Kürzung des Urlaubsgeldes als Mitglied der AKW-Betriebsleitung aus. Wenn die AKW-Angestellten auf diese Mail antworten, gelangen sie automatisch auf den von Filinto mit Spyware infizierten Server, von dem aus sich Filinto dann in deren System einschleust.

»Es dauert nicht lange, dann habe ich die Kontrolle über die Cursor im AKW Moorbach. Die glauben doch sowieso nicht, dass irgendwer in ihr Intranet gelangt. Die sind sich ihrer Sache viel zu sicher«, sagt Filinto zufrieden.

Der ist sich seiner Sache auch ziemlich sicher, denkt Josh und fragt sich, was er und Frederike jetzt verdammt noch mal tun sollen. Filinto macht ihm Angst.

Doch da steht Filinto auch schon auf. »So, Leute, das war's. Morgen steigen wir in Moorbach ein ...« Er lächelt Frederike und Josh ironisch an. Er glaubt ganz offensichtlich keine Sekunde lang, die beiden könnten ihn verraten.

»... und wer Angst hat, verkriecht sich unterm Bett und ruft nach Mami«, ergänzt Sybille.

◎

Frederike und Josh gehen nicht nach Hause.

Etwas ist anders. Irgendetwas stimmt nicht mit Filinto. Er war wie ein aufgepeitschtes Meer, voller Energie, zu allem fähig, bedrohlich.

Weder Frederike noch Josh wollen jetzt alleine sein.

Die Nacht ist sternenklar. Zwei Katzen schreien irgendwo laut. Sie laufen zu der Wiese mit dem Windkraftrad.

Mondlicht. Am Windrad sind wieder die Fledermäuse unterwegs, jagen gegen die Spitzen der Flügel. Frederike drückt Joshs Hand fester, geht mit ihm am Monte vorbei und biegt rechts ab in den Park der Schule. Schweigend laufen sie auf die Hecke zu, die wie ein senkrecht aufgestelltes Fernrohr mitten auf der Wiese steht. Sie birgt einen der vier dunklen Punkte der Grünen Lunge in sich. In ihnen befinden sich nachts die *lichtleeren orte der dunkelheit*. Lichtlose Räume in der Stadt wollte das Komitee der Grünen Lunge damit schaffen.

Ruhezonen. Zonen der Nacht.

Frederike schlüpft durch den schulterhohen Eingang in die Hecke.

Die Hecke ist rund geschnitten, fünf Meter hoch und es ist dunkel hier drin. Sie legt sich ins Gras, Josh legt sich neben sie. Es ist weich, ein wenig feucht, um sie herum nur Stille.

»Guck dir den Himmel an, ganz klar. Ist das nicht wunderschön, Millionen von Sternen und alle haben jetzt das Licht an«, sagt sie leise und lächelt.

»Hast du hier schon mal mit Chris gelegen?«

»Nein. Zu romantisch für Chris.«

»Ich bin auch nicht romantisch, ich bin eifersüchtig«, sagt Josh.

»Auf wen?«

»Filinto.« Josh schämt sich für seine Offenheit.

»Ich hoffe, du denkst wegen der Sache mit dem Haargummi nichts Falsches.« Frederike rückt ein Stückchen näher. »Ich hätte dir einfach erzählen sollen, dass wir zu zweit im Institut waren.«

»Du gefällst Filinto.«

»Er hat eine Freundin, falls du dich erinnerst, und …« Sie stützt sich auf und sieht Josh wieder mit diesem Blick an.

»… und er dreht so langsam ab. Ich weiß.«

Seine Hand streift ihren Arm und Frederike zuckt zurück.

»Was ist?« Hat er etwas falsch gemacht?

Sie schaut ihn mit schmerzverzerrtem Gesicht an.

»Was ist los? Sag schon! Tut dein Arm weh?«

»Ja.«

Er hebt den Ärmel ihres Hemdes vorsichtig an. »Was hast du da?«

»Nichts.«

Josh zieht sein Handy aus der Jeans und leuchtet damit auf Frederikes Arm. »Ein Kaninchen?«

»Ja, hab es mir stechen lassen.«

»Ein weißes Kaninchen? Wie Filinto?«

»Ja.« Frederike seufzt.

»Bist du in ihn verliebt?«

»Nicht mehr.«

DIE BOMBE

Samstag, kurz vor 11 Uhr morgens wacht Josh auf, geht runter in die Küche.

Filinto hat noch nicht angerufen. Womöglich zieht der die Sache mit dem AKW allein durch! Josh wird eiskalt bei dem Gedanken. Und dann Frederike. Was war das gestern Abend? Ein Traum?

Das Leben ist neu gemischt. Josh kennt sich nicht mehr aus.

Soll er zur Polizei gehen? Oder erst einmal Filinto anrufen? Fragen, wie weit der mit seinem Hack ist? Er drückt auf die Anruf-App, der Touchscreen reagiert nicht. Wieder und wieder versucht er es. Er fährt das Handy runter, startet es erneut. Nichts. Die Apps sind alle zu sehen, aber der Screen reagiert nicht mehr.

Josh trinkt den Rest O-Saft aus der Packung und versucht, die aufsteigende Panik zu unterdrücken.

Im Arbeitszimmer seines Vaters schließt er das Handy an den Rechner an. Der PC war im Ruhezustand, springt sofort an. Eine Landkarte, auf der die europäischen AKW eingezeichnet sind, erscheint.

»Hallo, Josh.«

Der zuckt zusammen. »Ich wollte nur gucken, was die Nachrichten bringen.«

»Das da ist die Europa-AKW-Seite.« Sein Vater tippt auf den Bildschirm. »Wer wo welche bauen will. Wir wollten recherchieren, ob es Protestbewegungen in den Ländern gibt. Oder ob die in Holland und Polen Anti-AKW-Demos organisieren. Überleg mal, die planen in Holland ein AKW, keine 20 Kilometer von der deutschen Grenze entfernt. Die haben nichts gegen Windräder, sagen sie. Aber der Energieverbrauch steige nun mal.«

»Ja, und *Wake up!* tut was dagegen.« Josh sieht seinen Vater abwartend an.

»Du findest das doch nicht etwa gut?« Sein Vater ist aufrichtig entsetzt. »Das sind Ökoterroristen, Josh! Die arbeiten mit Erpressung und Einschüchterung. Das ist Diktatur, was die vorhaben.«

»Wenn alle Leute so denken würden wie du, dann gäbe es keinen Krieg.«

»Warum sagst du das?«

»Weil es immer wieder Krieg gibt. Die Menschen denken nicht wie du. Sie zetteln Kriege an und verursachen Hungersnöte. Leute wie du müssen dann die Scheiße immer wieder ausbügeln. Und wenn du glaubst, die Welt kommt langsam in Ordnung, dann stellen diese Idioten die Welt wieder auf den Kopf. Jemand muss das Heft in die Hand nehmen. Leute wie du und Mama doktern immer nur am Problem herum. Es muss jemand wirklich etwas verändern.« Josh hört sich reden, aber er glaubt sich eigentlich selbst nicht mehr. Muss man die Menschen wirklich vor sich selbst schützen? Eine Energiewende möglichst schnell und notfalls mit Gewalt herbeiführen? Die Menschen zu ihrem Glück zwingen? Oder sagen so etwas doch nur Typen wie Filinto, die früher oder später durchdrehen und …?

Joshs Handy klingelt. Sybille.

»Lass uns bitte später reden, Papa. Ich hatte schon gedacht, mein Handy ist kaputt. Aber jetzt funktioniert es doch.« Josh ist erleichtert.

◎

»Kannst du mir mal sagen, warum du nicht erreichbar bist?« Sybilles Stimme klingt überlaut und schrill.

»Hey, komm mal runter. Mein Handy hat eine Macke gehabt und ich hab's nicht gleich gemerkt.«

»Sag mal, hast du gar nichts mitgekriegt?« Sybilles Stimme wird immer schriller, sie ist völlig aufgelöst. »Filinto hat einfach das Ding durchgezogen – ganz alleine!«

Josh wird schwindlig.

»Er ist in Moorbach eingedrungen.«

Wie durch Watte hört er Sybilles aufgeregte Stimme und versucht zu erfassen, was sie da sagt.

»Josh, hörst du mich?! Er hat der Regierung im Namen von *Wake up* ein Ultimatum gestellt.«

Josh bringt immer noch keinen Ton hervor. Er schaut sich um, sein Vater ist nicht mehr da.

»Wir stehen vor einem GAU in Moorbach«, sagt Sybille jetzt. »Dort ist der Strom ausgefallen, die Rettungsmannschaften kommen nicht an das Kühlbecken. Sie haben die Kontrolle verloren.«

»Weil Filinto die Kontrolle hat.« Endlich findet Josh seine Sprache wieder. »Der ist vollkommen wahnsinnig! Wir müssen etwas tun!«

»Aber vielleicht ist es ganz gut so. Vielleicht hat er ja einen Plan. Er wird keinen GAU riskieren. Und selbst wenn, dann …« Selbst jetzt versucht Sybille noch, ihren

Freund zu verteidigen. »Wer weiß, ob wir anderen den Mumm dazu gehabt hätten.«

»Sybille! Er kann uns nicht einfach diktieren, wie es weitergeht. Wir wollen doch nicht das AKW hochgehen lassen. Stell dir vor, was passiert, wenn die Brennstäbe außer Kontrolle geraten!«

»Verdammter Mist. Das weiß ich ja auch«, gibt Sybille schluchzend zu. »Aber was sollen wir tun? Ich fürchte, der hat auch keine Kontrolle mehr über das, was er da angefangen hat.«

»Keine Ahnung. Überleg dir was!« Josh knipst das Handy aus, stürmt durch die Küche.

»Was ist denn mit dir los, Josh?«

Josh schweigt sich am Tisch, am Stuhl, an seinem Vater vorbei. Er hört ihn, aber er ist wie ferngesteuert, läuft hoch in sein Zimmer, wirft sich aufs Bett, bricht nun selbst in Tränen aus und boxt in seiner Verzweiflung wieder und wieder gegen das Kissen.

Was soll ich bloß tun? Was? Wieder ist ihm schwindlig, seine Gedanken rasen. Und dann rennt er aus dem Zimmer hinaus, läuft nach draußen in den Flur, an den Eltern vorbei hinunter in den Flur, schlüpft in die Turnschuhe.

Seine Eltern sehen ihm fassungslos zu. So haben sie ihren Sohn noch nie erlebt.

»Wenn du reden willst, dann reden wir.«

Josh will nicht reden, er will zu Filinto und läuft zur Haltestelle.

Da sieht er ein Mädchen in den Bus einsteigen. Sie ist blond, schlank. Ist das Frederike? Die Rotbuchen zittern im Wind, Joshs Herz flattert vor Anstrengung und Aufregung. Er rennt los, schafft es gerade noch, sich als Letzter in den Bus zu quetschen. Die Türen zischen hinter ihm zu.

Frederike! Wo ist sie?

»Josh? Hallo, Josh!«

Frederike sitzt direkt hinter dem Fahrkartenautomaten. Er wäre fast an ihr vorbeigelaufen. Tunnelblick.

»Was hast du, Josh?«

Er setzt sich neben sie, ist stumm, wie versteinert.

»Filinto hat sich ins AKW gehackt. Die haben keinen Strom mehr. Wir stehen kurz vor einem GAU«, würgt er schließlich hervor.

Frederike starrt ihn an. »Wir müssen zu ihm«, flüstert sie. »So schnell wie möglich.«

◎

Der Bus hält, sie rennen nach draußen. Unter den Fahrgästen, die aussteigen, befindet sich auch Schubert. »Was macht ihr denn hier?«

Sie schweigen, schauen überrascht zu ihm auf. Die gleiche Frage hätten sie ihm auch stellen können.

»Mensch, Josh. Ich habe noch einmal mit deinem Vater gesprochen. Du solltest am Montag in die Schule kommen.« Für Josh ist Schubert eine Stimme aus einem Leben, das er hinter sich gelassen hat. So muss sich der Typ aus dem Höhlengleichnis gefühlt haben, als er wieder die Leute in der Höhle gesehen hat. »Ich kann über deine Beleidigung hinwegsehen, Josh, aber die Schulverwaltung nicht über ein dauerhaftes Schwänzen.«

»Das interessiert mich nicht mehr. Es ist mir scheißegal, ob ich sitzen bleibe oder nicht.«

Schubert verzieht keine Miene. »Die blauen Briefe sind ohnehin raus«, sagt er ruhig, »aber mittlerweile steht mehr für dich auf dem Spiel. Und du, Frederike, bist doch sonst so eine gute Schülerin. Versau dir deine Laufbahn nicht. Ich weiß nicht, was in euch beide gefahren ist. Ich habe mit Chris gesprochen ...«

»Wieso das?«, will Frederike wissen.

»Weil er sich Sorgen macht.«

»Der will nur nicht, dass ich ihn anzeige!«, schreit Josh, der langsam die Nerven verliert. Sie müssen zu Filinto, sie haben jetzt keine Zeit für so etwas!

»Wenn du dich da mal nicht irrst. Ich hatte den Eindruck, er macht sich ernsthaft Sorgen. Ihr solltet jedenfalls wieder zur Schule kommen.«

»Wir kommen«, sagt Frederike. »Versprochen.«

Als Frederike noch etwas sagen möchte, zieht Josh sie hastig weiter. »Wir brauchen uns nicht zu entschuldigen. Hier ist keine Schule und es gibt jetzt Wichtigeres.«

»Na, ihr müsst wissen, was ihr tut.« Schubert bleibt gelassen und geht, verschwindet zwischen den Fahrgästen hinter der Bushaltestelle. Josh und Frederike rennen los, in Richtung von Filintos Wohnung.

»Beeil dich!«, keucht Josh. »Der Idiot bringt womöglich Tausende Menschen in Gefahr.«

◎

»Setzt euch.« Ehe Josh und Frederike dazu kommen, Filinto Vorwürfe zu machen, redet der auch schon selbst los: »Die Polizei hat einen von uns hopsgenommen.« Filintos Miene ist angespannt, er wirkt sogar ein wenig blass.

»Was sagst du da?«, fragt Josh. »Ganz ruhig. Wer ist wem auf der Spur?«

»Ihre Agenten sind uns auf der Spur.«

»Welche Agenten?«

»Na, die Polizei. Neo 17 haben sie schon in der Mangel. Wenn er auspackt, fliegen wir auf. Deshalb musste ich das AKW sofort hacken und unseren Plan durchziehen. Jetzt haben wir ein Druckmittel.«

Sybille ist inzwischen auch da und kurz davor, auszuflippen. »Filinto, wir hatten nicht abgemacht, dass wir gleich die Stromversorgung abdrehen und die Zugänge zum Reaktor sperren! Das war nicht unser Plan!«

»Was soll's. Jetzt haben sie Schiss. Stimmt's?«

»Ja, Filinto. Immerhin droht ein GAU. Die wollen die Leute evakuieren.«

»Das haben sie verdient. Und wir haben die Bombe.«

»Hallo, Filinto. Das ist nicht dein Privatkrieg! Es geht hier um *Wake up*.« Sybille ist knallrot und den Tränen nah.

»Eben. Nach der Sache mit dem MCKL musste gehandelt werden. Sonst gibt die Regierung nicht nach.«

Josh schüttelt nur noch den Kopf. Er ist sprachlos, kann nichts dagegen tun, was Filinto getan hat, er kann es nicht mehr rückgängig machen. Wenn sie jetzt entdeckt werden, sind sie kriminelle Verbrecher. »Was ist mit dem Typen von Neo, den sie geschnappt haben? Wie konnte das passieren?«

»Er ist wegen einer ganz anderen Geschichte aufgefallen, leider hatte er Infos über uns auf seinem Rechner.«

»Wie bitte?«, ruft Frederike. »Wieso hast du denen denn überhaupt von uns erzählt?«

»Keine Angst, Frederike. Die Dinge sind in Bewegung. Lass uns erst einmal sehen, was sie machen.«

Im Hintergrund läuft das Fernsehen: Nachrichtensperre im Bundeskanzleramt. Man bespricht sich. Panik in der 20-Kilometer-Zone ums AKW. Bilder von Leuten, die ihr Hab und Gut ins Auto packen und fluchtartig Moorbach und Umgebung verlassen. Stau auf den Bundesstraßen.

Frederike ist flau im Magen.

»Lange werden ihnen die Brennelemente keine Zeit mehr lassen, dann wird die Kernschmelze eintreten und dann ist es vorbei.« Filinto ist ganz entspannt.

»Sag mal, spinnst du?!«, schreit Josh.

»Du solltest freundlicher sein. Ohne mich läuft hier nichts mehr. Oder hast du Ahnung von der Sache? Nein. Außerdem muss die Regierung ja nur unseren Forderungen nachkommen. Wir sind gar nicht schuld, falls es knallt.«

»Du bist doch total irre!« Auch Frederike fängt jetzt zu schreien an.

»Wenn du rumbrüllen willst, so schließ bitte das Fenster.« Filinto bleibt völlig ruhig. »Ihr seid immer so emotional. Es ist nur ein Spiel und wir sind derzeit die Spielleiter.«

Josh kann Filinto nicht mehr verstehen. Was hat er da angerichtet? »Das ist kein Spiel, Filinto! Verdammte Scheiße! Kapier das endlich.«

»Oh doch, das ist es. Und wir sind in die Phase eingetreten, wo wir einen Spielführer wählen sollten, da die Clique sich nicht mehr einig ist. Vorschlag!«

»Was redest du da?«

»Ich erwarte einen Vorschlag von euch.«

Er wartet, schaut seine Freunde an.

»Dann möchte ich mich vorschlagen.« Filinto hebt seine rechte Hand, schaut die anderen immer noch unverwandt an und sagt: »Gegenstimme? Keine Gegenstimme. Ich wurde ohne Gegenstimme zum Führer gewählt.«

Mit diesen Worten schaltet Filinto das TV ab und gibt auf der DOS-Ebene Kommandos in seinen Rechner ein. Dann fährt er ihn herunter. »Keine Informationen mehr. Sie dürfen nichts über die Matrix wissen. Ich habe heute auch eure Handys gehackt, wie ihr wahrscheinlich bemerkt habt, und alle Infos heruntergenommen.«

»Deshalb hat mein Handy nicht reagiert«, sagt Josh.

»Genau. Keine Spur mehr von uns. Selbst der Mailverkehr zwischen uns ist weg, keine Telefonat registriert. Sie werden keine digitalen Fingerabdrücke von uns finden. Nichts. Sie werden am Ende versuchen, mit uns Kontakt aufzunehmen, sie werden auf Knien zu uns angekrochen kommen, aber da ist kein Weg zu uns.«

Josh schweigt beklommen. Was hat Filinto vor?

Als habe er Joshs Gedanken gelesen, sagt der: »Es muss eine Katastrophe passieren, sonst wird sich nichts ändern. Sie müssen begreifen, dass wir die Macht haben, und sie müssen endlich umdenken. Weiße Energie muss her.« Filintos Blick wandert zu einem Kästchen, das neben dem Papierkorb am Rechner steht.

»Was ist in dem Kasten?«, fragt Josh.

»Damit werden wir die restlichen Spuren vernichten. Wir sollten nun gehen.«

»Was hast du vor? Jetzt rede endlich, Filinto. Du kannst nicht machen, was du willst. Schließlich sind wir zu viert. Wir vier haben die Idee zu *Wake up!* gehabt.«

»Vergiss es! Ihr seid nicht in der Lage, was draus zu

machen.« Filinto öffnet seinen Kleiderschrank und greift sich seine Sporttasche. »Meine Mutter kommt in einer halben Stunde nach Hause. Bis dahin muss alles erledigt sein. Ich habe nur ein paar Sachen eingepackt.« Er geht nach draußen, in den Flur. »Kommt schon, oder wollt ihr mit der Bude in die Luft fliegen?«

Frederike und Josh schauen sich an, der schwarze Mantel hängt über der Stuhllehne.

»Meint der das etwa ernst?«

»Ich weiß nicht«, sagt Josh. »Der ist krank.«

»Jetzt kommt schon!«, ruft Filinto. »Wir müssen die Höhle verlassen.«

◎

Ein Bus fährt ab. Ein Bus hält an.

Sie stehen an der Haltestelle, Filinto will ihnen »noch etwas zeigen« und Josh checkt schnell die Nachrichten auf seinem Handy. Im AKW Moorbach versuchen Mitarbeiter, die Zugänge zum Kühlbecken der Brennstäbe aufzubrechen. Die 20-Kilometer-Zone ist fast schon geräumt. Die drei stehen an der Haltestelle und warten.

Filinto ist fast unheimlich ruhig. Josh steht unter Schock. Noch im Aufzug hat er versucht, Filinto zu überreden, wenigstens die Stromversorgung im AKW wieder anzustellen.

Und dann endlich hat Filinto ihn angesehen. »Wie kommst du eigentlich darauf, dass ich die Energie wieder einschalten kann?«

◎

Jetzt stehen sie schweigend da und Filinto sieht hinüber zum Hochhaus, hinauf zum 13. Stock. Die Blicke seiner Freunde folgen ihm.

Das Fenster ist geschlossen, grünes Quadrat auf blauer Fassade.

Filinto drückt auf die grüne Taste des Handys. Anruftaste. Dann erschüttert eine Detonation das Hochhaus. Die Wand reißt im 13. Stock auf, blaue Kacheln fliegen durch die Luft, Möbel knallen herunter, Scheiben schießen umher.

»Ich hab euch gesagt, dass ich den Kunstdünger noch brauche. Jetzt sollten wir in den Bus steigen, sonst haben wir ein Problem, denn die Polizei wird kommen und Fragen stellen.«

Sybille, Frederike und Josh stehen geschockt da, ihnen fehlen die Worte.

Filinto klopft an die Tür des Busses. Auch der Fahrer hat die Detonation bemerkt. Er öffnet die Tür, starrt aber weiter auf das Hochhaus.

»Einsteigen!«, sagt Filinto zu seinen Freunden, als sei nichts geschehen.

Der Busfahrer informiert gerade die Feuerwehr. Dann setzt sich der 347er in Bewegung. Die vier sind die einzigen Fahrgäste.

»Du bist verrückt«, sagt Sybille.

Filinto schweigt.

»Red mit mir.«

Er schweigt.

Der Busfahrer hält an der nächsten Haltestelle und sagt durch den Lautsprecher: »Die Fahrt geht nicht weiter. Bitte aussteigen.«

Die vier verlassen den Bus.

»Und jetzt?«, fragt Josh.

»Hier ist unsere gemeinsame Geschichte zu Ende. Den Rest mach ich alleine.«

»Was meinst du damit, Filinto?«

Doch Filinto geht schon weiter, in Richtung Unterführung.

»Warte!«, ruft Frederike. »Was hast du vor?«

Filinto verschwindet in der Unterführung.

◎

Warten. Sirenengeheul. Zwei Feuerwehrwagen. Warten. Aber Filinto kehrt nicht zurück.

Und dann – wie auf ein Kommando – laufen sie los, hinein in die Dämmerung der Unterführung. Neonlicht zittert, es stinkt nach Urin.

Auf der anderen Seite rennen sie in den Tag und bleiben außer Atem stehen.

»Er ist weg«, sagt Frederike.

»Kann nicht sein«, meint Josh. »So schnell kann keiner laufen. Bei den Häusern kann er noch nicht sein. Hier ist doch nur Wiese. Wir müssten ihn sehen. Er muss hier irgendwo sein!«

Er dreht sich um, sieht zur Hauptstraße, sieht in der Ferne das Hochhaus. Der 13. Stock ist ein Loch. Als ob eine Schublade aus einem Schrank gerissen worden wäre. Feuerwehrwagen. Ihre ausgefahrenen Leitern befühlen wie Insekten die Hauswand. Josh denkt an die Leiter im Prater. Wie Männer und Frauen aus den Gondeln geflüchtet sind.

Josh schaltet sein Handy ein.

Eine Schreckensnachricht jagt die andere. Dramatische Szenen im AKW Moorbach. Keine Kontrolle mehr über Brennstäbe. Zugang zum Kühlbecken durch Sprengung geplant.

»Was jetzt?«, fragt Frederike leise.

Josh weiß es nicht. Sein Hirn arbeitet nicht mehr.

Sie stehen vor der Unterführung, auf der Straße der Lärm der Autos und hinter ihnen die Häuser. Abends hocken hier auf der Wiese die Kaninchen. Sie starren in die Dämmerung, flüchten sich bei Gefahr in ihren Bau. Nun harren die drei aus auf dieser Insel im Niemandsland des Ghettos. Aus und vorbei. Die Welt ist auf der Flucht vor der Atomenergie und sie stehen hier vor der Unterführung und wissen nicht, wie es weitergehen soll. Es gibt kein Loch, in das sie sich verkriechen könnten.

»Wir müssen zu mir«, sagt Josh schließlich. »Wir brauchen irgendeinen Hinweis, irgendeinen Anhaltspunkt. Ich ruf Sybille an.«

◎

Josh schließt vorsichtig die Tür auf. Seine Eltern sollen sie nicht hören. Jetzt nur keine Diskussion mit denen! Sybille, Frederike und Josh schleichen sich ins Haus.

In seinem Zimmer klappt Sybille völlig unvermittelt zusammen. Frederike setzt sich neben sie, tröstet sie, während Josh den Rechner hochfährt, auf TV klickt. Sie müssen die Katastrophe anhalten! Das hat er nicht gewollt, nicht das! Und jetzt brauchen sie Informationen.

Sein Handy vibriert. Seine Eltern. Mama spricht auf die Mailbox. Sie will wissen, wo er ist.

»Hier bin ich!«, schreit er und tritt mit den Füßen auf den Boden. »Hiiiiier!«

Dann schreibt er eine SMS:

Lasst mich in Ruhe. Bin in meinem Zimmer!

Antwort:

Hören wir!

Er schaut auf den Rechner. Aufnahmen von Moorbach. Wohin würde eine radioaktive Wolke wehen? Direkt auf die Ballungsräume Aachen, Köln, Bonn und das Ruhrgebiet zu? – Neue Schreckensnachrichten: Explosion in einem Hochhaus.

Die Reporterin ist vor Ort, sie steht am roten Absperrband der Feuerwehr. »Die Polizei vermutet einen direkten Zusammenhang zwischen dem Störfall in Moorbach und der Explosion im 13. Stockwerk dieses Hochhauses, vor dem wir uns befinden. Es gleicht einem Wunder, dass niemand bei der Explosion zu Schaden gekommen ist. Der Hacker Filinto Alencar hat hier gewohnt und ist ein mutmaßliches Mitglied der Terrorgruppe *Wake up!*. Neuesten Erkenntnissen zufolge ist er bereits vor zwei Tagen nach Brasilien geflogen. Sein Name findet sich auf einer Passagierliste der Lufthansa. Möglicherweise hat also gar nicht er selbst die Bombe gezündet, sondern einer seiner Helfershelfer. Die Polizei ist trotz der weiterhin bestehenden Explosionsgefahr in der Wohnung, um mögliche Spuren zu sichern. Filinto Alencar soll außerdem eine eigenartige Mail verfasst haben: ›*Follow the white rabbit, follow the white energy*, gezeichnet *Wake up.*‹«

Josh atmet langsam aus und überlegt laut: »*Follow the white rabbit.* Was könnte er damit gemeint haben? Vielleicht gibt er uns damit ja einen Hinweis.«

Frederike sieht ihn nachdenklich an. »Ich glaube, ich habe da eine Idee«, sagt sie langsam, schiebt den Ärmel ihres T-Shirts ein Stück hoch und deutet auf die Tätowierung an ihrem Arm. »Ich weiß, wo wir hinmüssen.«

◎

Sie brauchen länger, als ihnen lieb ist, aber dann bleibt Frederike vor einem Haus im Ghetto stehen. Es ist höchstens 200 Meter von jener Stelle entfernt, wo sie Filinto zum letzten Mal gesehen haben. Schwarze und braune Graffitis an der Wand. »Ich bin mir sicher, dass es hier gewesen ist«, sagt sie. Hier hat sie sich das Tattoo stechen lassen. »Dahinten gab es noch einen Kellereingang.«

Als Frederike dort anklopft, öffnet die Frau mit dem Piercing. »Probleme mit dem Tattoo?«, fragt sie knapp, beantwortet ihre Frage nach einem Blick auf Frederikes angstvolles Gesicht aber selbst. »Deshalb bist du nicht hier, habe ich recht?« Und redet auch schon weiter: »Du hast gehofft, dass Filinto hier ist und die ganze Sache gestoppt werden kann.«

Die drei sind perplex. Weiß sie über alles Bescheid?

»Stimmt«, sagt Frederike. »Er ist der Einzige, der eine Katastrophe noch abwenden kann.«

»Der hilft keinem. Genauso wenig, wie ich irgendwen verraten würde. Der Typ ist ein Fanatiker. Ich kann mir nicht vorstellen, dass sich jemand mit ihm einlässt und das nicht schnell merkt. Er hat mir für euch eine Facebook-Adresse hiergelassen. Hat wohl geahnt, dass ihr kommen werdet.« Die Frau drückt Frederike einen Zettel in die Hand. »Darüber könnt ihr ihn erreichen. Lasst mich übrigens aus dem Spiel. Ihr seid nie hier gewesen, ich war niemals hier. Ist das klar? Ich hab keinen Bock auf Polizei. Es reicht mir, dass mich Filinto wieder mal dazu gebracht hat, jemanden zu tätowieren, der mir Ärger einbringt. Und jetzt geht.«

◎

Sie laufen zur Wiese bei der Unterführung. Hier im Niemandsland zwischen den Straßen kann sie keiner hören.

Josh schaltet das Pad ein.

Die Facebook-Seite gehört einem gewissen Thomas A. Andersen, der angeblich in Obidos/Brasilien lebt. Seine Freundesliste sieht belanglos aus, so als ob er einfach jeden angeklickt hätte, der sich bei Facebook anbietet.

Er ist online.

»Dieses Obidos kenne ich«, sagt Sybille. »Das ist der Ort, wo Filinto als Kind mit seinen Eltern gewesen ist. Die bauen da irgendein Zeug ab, aus dem man Aluminium gewinnt.«

»Ich schreibe ihm«, sagt Josh. »Egal, ob die uns finden oder nicht. Der muss das endlich stoppen.«

Frederike nickt zustimmend und Josh beginnt zu tippen:

- Hi Thomas. Wo bist du?

Die Antwort folgt prompt.

- Was willst du?

- Dass du endlich die Geschichte in Moorbach stoppst. Da werden Leute sterben!

- Mag sein. Ihr wolltet doch, dass wir die Welt verändern.

- Schalt endlich die Energieversorgung wieder ein! Die

ganze Landschaft wird verstrahlt. Womöglich trifft es sogar die Belgier und Franzosen.

- Die Franzosen soll es treffen. Aber keine Panik. Sie müssen nur unsere Forderung erfüllen. Sie haben es in der Hand.

- Bitte! Die Menschen hier können doch nichts dafür.

- Euch geht doch nur selbst der Arsch auf Grundeis.

- Bitte!! Hör damit auf. Es ist höchste Zeit! Wir haben einen Fehler gemacht!

- Ja, genau, es ist höchste Zeit. Das sollte jeder wissen. Keine Atomkraft, keine Kohlekraft. Es muss sich etwas ändern!

- Die Leute werden sterben!!

Zu spät. Thomas A. Andersen ist nicht mehr online.

Vorbei!

»Und jetzt?« Josh ist entsetzt. »Wie kann der sich einfach ausloggen? Dieses Arschloch!«

»Weil wir ihn mit unserem Gelaber langweilen. Mit uns kann er das nicht durchziehen«, meint Sybille. Sie erträgt die Situation nicht und verbirgt ihr Gesicht in den Händen.

»Kann man eigentlich über die Facebook-Seite feststellen, wo Filinto ist?«, fragt Josh.

»*Deinen* Standort kann man auf alle Fälle feststellen. Schließlich gehst du über die SIM ins Netz und bist schon verdammt lange online«, entgegnet ihm Frederike.

Josh schöpft Hoffnung. Doch als er nun noch einmal die Seite von Thomas A. Andersen anklicken möchte, findet er sie nicht mehr. »Die Seite ist weg, komplett gelöscht.«

Plötzlich fühlen sich die drei alleine – ohne eine Möglichkeit, etwas gegen die nahende Katastrophe zu tun.

»Er hat unrecht«, sagt Frederike. »Es ist der falsche Weg, den er gehen will.«

»Er ist enttäuscht von uns.« Sybille hebt den Kopf und blickt verzweifelt ins Leere.

»Was?« Frederike legt den Arm um die Schultern ihrer Freundin. »Du bist ihm doch sowieso egal. Der hat sich doch noch nicht einmal von dir verabschiedet.«

»Das stimmt nicht«, widerspricht Sybille und schüttelt heftig den Kopf. »Er hat mir gesagt, ich soll ihn einfach in Brasilien besuchen, falls wir ganz plötzlich auseinandergehen sollten. Genau das werde ich tun. Es war wahnsinnig von ihm, das alles im Alleingang durchzuziehen. Aber wir wollten alle eine Veränderung, wir haben es nur nicht gebracht. Du am allerwenigsten, Josh.«

»Weil wir keine Leute umbringen wollen. Oder sie mit Gewalt zu etwas zwingen, was wir für das Beste halten. Egal, was passiert. Das will ich nicht. Der ist verrückt.«

»Aber die Energiekonzerne ...«

»... können von uns gestoppt werden. Nur anders.«

»Du redest wie meine Mutter«, sagt Sybille.

»Kann sein. Aber Filinto will gar nichts bewegen, er will zerstören.«

»Tja«, sagt Frederike leise. »Im Moment sitzt er leider am längeren Hebel. Das AKW ist in seiner Hand.«

»Meine Mutter«, sagt Josh, als sein Handy vibriert.

»Wo bist du?«

»Ganz in der Nähe, Mama.«

»Ich mach mir schreckliche Sorgen. Wir haben den ganzen Tag ferngesehen. Papa und ich haben uns überlegt, mit dir auf Roberts Finca auf Ibiza zu fliegen. Es kann nicht schaden, genügend Abstand zwischen uns und das AKW zu bringen. Entweder kriegen die das in Moorbach in den nächsten beiden Stunden in den Griff oder wir erleben hier ein Fukushima.«

»Ich weiß, Mama.«

»Und dieser Hacker haut einfach ab. Unglaublich. Ob der denkt, dass er so die Welt verändert? Der verschwindet einfach nach Brasilien, weil die dort nicht ausliefern. Vermutlich sitzt er in ein paar Tagen in einer brasilianischen Talkshow und erzählt von seinen dämlichen Heldentaten.«

»Ich will aber nicht weg ohne Frederike.« Er greift nach ihrer Hand.

»Dein Vater möchte dich gern sprechen.«

»Josh?«

»Ja, Papa.«

»Pass auf, wir sind noch gut zwei Stunden hier, dann müssen wir zum Flughafen. Da ist jetzt die Hölle los. Alles haut ab. Schließlich leben hier Millionen von Menschen. Die Wolke kann nicht einfach aufs Meer hinaustreiben wie in Fukushima, sondern sie wird alles verseuchen. Aber ich habe gehört, dass es wohl Leute gibt, die am Flughafen ihre Tickets schwarz verkaufen.«

»Ihr wollt ohne mich fliegen?«

»Natürlich nicht. Ich bitte dich nur inständig, in den nächsten beiden Stunden hier aufzutauchen, damit wir uns aufmachen können. Ich hab dich lieb.«

»Ich dich doch auch, Papa.«

»Und nun?«

Sybilles Frage steht in der Luft. Kein Wind weht.

Die Autos auf der Hauptstraße kommen zügig voran.

Josh legt den Arm um Frederike und fasst tröstend nach Sybilles Hand. Sie schauen über die Straße hinweg zum Hochhaus. Die Feuerwehr ist abgezogen, nur ein klaffendes schwarzes Loch im 13. Stock zeugt noch von der Explosion. Da war Filintos Wohnung, dort haben sie die letzten Wochen verbracht.

Sybilles Handy piepst. Eine SMS ist gekommen.

»Und?«, fragt Josh.

»Meine Mutter sagt, dass wir wegen Moorbach zu meinem Vater fahren sollen.«

»Ist der nicht in Berlin?«, fragt Josh. »Das bringt doch nichts! Wenn es in Moorbach zum GAU kommt, ist hier alles verseucht. Auch in Berlin.«

»Vermutlich will sie einfach nur zu ihm.«

Josh sieht Frederike fragend an.

»Ich bleibe hier«, sagt Frederike. »Ich glaube nicht, dass Filinto so irre ist.«

»Dann werde ich auch hierbleiben«, sagt er.

In dem Moment bekommt Josh eine SMS von seinen Eltern: MOORBACH WIRD NICHT HOCHGEHEN!!!!

◎

Die drei sehen sich schweigend an. Keiner bringt ein Wort hervor, so erleichtert sind sie.

Kühlung wieder unter Kontrolle, liest Josh auf seinem Handy. Softwareproblem behoben. Softwarefehler. Kein Hackerangriff

»Was zum …?« Frederike und Sybille beugen sich nun auch über das Handy.

Gruppe WAKE UP hat sich bloß an das Ereignis angehängt. Nach dem flüchtigen Filinto Alencar wird weiter gefahndet, laut Polizei ist er vermutlich der Kopf von WAKE UP. Die Gruppe steht jedoch nicht in Verbindung mit dem Störfall in Moorbach.

Sybille kneift verwundert die Augen zusammen. »Das ist doch gelogen! Natürlich hat Filinto das AKW gehackt.«

»Es ist egal«, meint Frederike und atmet langsam aus. »Hauptsache, es ist vorbei.«

EPILOG

Einen Monat später. Eemshaven an der Emsmündung, Seehafen der Niederlande in der Provinz Groningen. Felder auf der einen Seite, auf der anderen die graue Nordsee. Flaches Land. Windkrafträder. Überlandleitungen summen. Gott hat das Land mit der Wasserwaage angelegt, keine Erhebung weit und breit. Höchstens eine Welle auf dem Meer und ein paar Kühe an Land. Das Unheil wie das Glück sieht man hier schon von Weitem kommen.

Einige der Demonstranten sind mit dem Bus angereist, andere mit dem privaten PKW. Viele sind noch spontan aufgrund einer Twittermeldung hinzugestoßen. Diese neue Energiebewegung aus Deutschland ist nicht nur gegen Atomkraft, sondern gegen jede Form von Energiequelle, die aus der Erde kommt.

Jetzt werden Anti-AKW-Transparente aufgeschlagen, in Niederländisch, Englisch und Deutsch. Josh und Frederike stehen inmitten der Menge.

»Schade, dass Sybille nicht kommen konnte«, sagt Frederike.

»Tja. Jetzt wo ihre Eltern wieder zusammen sind, hängt sie halt in Berlin fest. Dafür kann sie ja demnächst nach Rio mit ihrer Mutter. Ob sie da wirklich Filinto wiedersehen wird?«

Frederike zuckt mit den Schultern. »Keine Ahnung. Sie ist vermutlich immer noch in ihn verliebt.«

Josh nickt und streichelt über Frederikes Schulter.

Das Feld, auf dem die Großdemonstration stattfindet, liegt unweit vom Hafen, wo bald das neue AKW stehen könnte.

◎

Bis zum Mittag ist das gesamte Feld gefüllt.

Es quakt leise in Joshs Jeans.

»Hat dein Handy gerade geklingelt?«

Josh schaut Frederike an. »Mir egal.« Er beugt sich nach vorn, will ihr einen Kuss geben – dann schaut er doch nach. Der Absender ist unbekannt, die Rufnummer unterdrückt.

»Follow the white rabbit«, sagt eine Stimme auf der Mailbox.

Manfred Theisen wurde 1962 in Köln geboren. Er hat Germanistk, Anglistik und Politik studiert, forschte für das Deutsche Innenministerium in der Sowjetunion und arbeitete als Redakteur. Er hat mehr als 15 Jugendbücher veröffentlicht und lebt mit seiner Familie in Köln. Die Idee zu *Wake up* entstand nach der Atomkatastrophe im japanischen Fukushima.

»Faszinierend und fesselnd.«

THE ENTERTAINER

Stephen Wallenfels
X.TRA
28 Tage, die alles verändern
Aus dem amerikanischen Englisch von Anja Malich
288 Seiten
ISBN 978-3-414-82289-5

Washington: Josh, 15, wird von einem ohrenbetäubenden Lärm aus dem Schlaf gerissen. Am Himmel schweben riesige Kugeln und lauern auf alles, das sich bewegt. Sobald ein Mensch die Straße betritt, wird er mit einem Blitz vernichtet. Josh und sein Vater sind eingesperrt, während langsam ihre Vorräte zur Neige gehen ...

Los Angeles: Die 12-jährige Megs wartet im Parkhaus eines Hotels auf ihre Mutter – als am Himmel die schwarzen Kugeln auftauchen. Von einer Minute auf die andere herrscht die reine Zerstörung. Megs ist auf sich allein gestellt und kämpft schon bald ums schiere Überleben ...